딸에게 들려주는 조국

딸에게 들려주는 조국

지은이 츠카 코우헤이 ㅣ **옮긴이** 김은정

초판 1쇄 인쇄 2011년 3월 28일 ㅣ **초판 1쇄 발행** 2011년 4월 6일

펴낸이 송성호 ㅣ **펴낸곳** 이상북스

기획위원 양억관 정창영 ㅣ **책임편집** 김영미 ㅣ **북디자인** 최윤정 ㅣ **마케팅** 김성학

인쇄 미르인쇄

출판등록 제313-2009-7호(2009년 1월 13일) ㅣ **주소** 서울특별시 마포구 망원2동 431-15 102호

이메일 esangbooks@gmail.com ㅣ **전화** 02-6082-2562 ㅣ **팩스** 02-3144-2562

ISBN 978-89-93690-06-4 03830

* 책값은 뒤표지에 표기되어 있습니다.

* 파본은 구입하신 서점에서 교환해 드립니다.

* 이 도서의 국립중앙도서관 출판시도서목록(CIP)은 e-CIP 홈페이지(http://www.nl.go.kr/ecip)와
  국가자료공동목록시스템(http://www.nl.go.kr/kolisnet)에서 이용할 수 있습니다.
  (CIP 제어번호: CIP2011001269)

경계인으로 살아온 한 천재 연출가의 삶, 그리고 뜨거운 사랑

딸에게 들려주는 조국

츠카 코우헤이(김봉웅) 지음 ㅣ 김은정 옮김

이상북스

일러두기
• 옮긴이주는 각주로, 저자주는 괄호로 표기했습니다.
• 이 책의 사진자료는 김지숙 씨와 우라타 마야 씨에게 제공받았습니다.

이 책이 나오기까지 수고해 주신

장영희 님, 고청미 님께 감사드립니다.

한국과 일본의 경계를 살았던 츠카 코우헤이의 업적을 기리며,

이 책의 판매수익금 일부는 일본대지진 복구를 위한

성금으로 쓰여집니다.

츠카 코우헤이, 내 연기 인생의 하나뿐인 사랑

김지숙(배우)

며칠 전, 오랜만에 영화관을 찾았다. 영화 〈레옹〉에서 당돌한 소녀의 모습으로 인상적인 연기를 보여주었고, 이제는 어엿한 숙녀가 되어 골든글러브와 아카데미 여우주연상까지 받은 〈블랙 스완〉의 여주인공, 나탈리 포트만의 연기를 보기 위해.

이 영화를 관람하는 내내 내 심장은 쿵쿵 소리를 내며 요동쳤다. 배우가 한 인물을 소화해내기 위해 겪어야 하는 심리적·정신적 고통이 여실히 드러나 있었기 때문이다.

배우라면, 특히 여배우라면 통과의례처럼 겪어야 하는 그 고통을 어떤 말로 표현할 수 있을까? 그 몰입이 완벽에 다가갈수록 고통은 절정에 달한다.

나는 배우로서의 삶 중 오랜 시간을 그런 혼란과 혼돈 속에서 보냈음을 고백한다. 그 삶의 포문을 연 시기에 한 사람을 만났다.

천재 극작가이자 연출가인 재일 한국인 츠카 코우헤이, 한국 이름은 김봉웅.

나는 그를 동양의 셰익스피어라 불렀다.

1985년의 무더운 8월, 나는 그를 처음 만났다.

한 프로덕션에서 일본에서 뛰어난 연출가가 오는데 실력 있는 남자배우 세 명과 여배우 한 명을 구한다고 했다.

남자배우로는 그 시절 전성기를 누리던 연기파 배우인 전무송, 강태기, 최주봉 선배가 뽑혔고 여배우로는 너무나 운 좋게 내가 발탁됐다.

지금으로부터 26년 전 그때 내 나이 28세, 여배우로 극도의 자만심과 넘치는 에너지로 연극계에서 주목을 받고 있었다.

나는 1984년 첫 영화로 대종상 영화신인상을 받았고, 그해에는 뮤지컬 〈아가씨와 건달들〉로 백상 연기상까지 받으며 승승장구했다. 나는 누구에게도 지지 않겠다는 자만심과 20대의 이기심으로 똘똘 뭉친 철없는 여배우였다.

　그의 첫인상은 날카로웠고, 조금도 빈틈없어 보였다.

　그의 연출은 그동안 한국에서는 한 번도 해본 적이 없는 특별한 방식이었다. 가장 놀라운 건 대본이 없었다는 것이다.

　그 전까지 한국의 연극 작업은 정해진 대본을 가지고 리딩reading을 하고 작품에 대한 이해를 충분히 한 이후에 참가자 전원의 합의를 거쳐 반복적인 연습으로 완성도를 높인 후 무대 상연을 하는 방법이 유일했다.

　그렇기에 츠카 씨와의 작업은 일종의 충격이었다.

　그는 배우에게 아무 대사나 던져주고 그 배우의 대사에 실린 감정의 빛깔과 무게만큼 다음 대사와 상황을 만들어갔다. 그래서 모든 배우들이 매우 힘들어했다. 그가 던지는 대사는 매일 매일 달랐고 요구하는 역할도 매번 바뀌었다. 배우들은 긴장을 넘어서 일종의 패닉 상태였다고 해도 과언이 아닐 정도였다.

　특히 나는 그 당시 정숙하고 사랑스런 여성 캐릭터만

맡아왔기 때문에 나의 연기 패턴이나 연기관은 그야말로 우물 안 개구리였다. 그는 그런 나에게 엉덩이를 흔들면서 남자를 유혹한다던가, 돋보기 같은 우스꽝스런 안경을 쓰고 앞치마를 두른 채 사무실에 출근한다던가, 남자만 보면 침을 질질 흘리는 바보스런 여경찰 역할이라던가, 청순한 여경찰관에서 순식간에 창녀로 변신하라던가, 힘으로 남자들을 제압하라는 등의 역할을 주문했다. 꿈에도 생각하지 못한 캐릭터들이었다. 온몸이 오그라들고 땅으로 꺼지는 듯한 느낌이었다. 미니스커트에 하이힐을 신고 두발 당수로 남자를 제압하라니······.

그는 보수적인 역할이 몸에 밴 전무송 선배에게 빨간 립스틱을 바르고 광기어린 웃음을 흘리며 객석으로 뛰어들어 여자 관객들을 무자비로 끌어안는 연기를, 숫기 없는 강태기 선배에게 허리를 마구 흔들며 자신이 색마임을 밝히는 연기를, 서민적 역할에 익숙한 최주봉 선배에게 객석을 통해 나오면서 마이웨이를 부르는 연기를 시켰다.

객석을 통해 마이크를 들고 등장하는 장면은 그 당시 연극에서는 상상할 수도 없는 것이었다.

우리들은 츠카 씨의 요구에 갈바람에 휘어지는 보리처럼 휘청거렸다. 하지만 그런 당혹스런 상황을 거치던 어느 순간 츠카 씨의 천재성에 매료되기 시작했다. 배우에 대한 집요한 관찰과 끊임없는 요구에 나도 모르게 내 안에 잠재되어 있던 새로운 모습이 표출되면서 느껴지는 전율, 그 행복감을 어찌 표현할 수 있을까? 그 순간 그와 나는 하나가 된 것 같았다.

정신없이 진행된 연습 속에서 배우들은 수없이 자신과 싸움을 하며 좌절하고 절망했다. 부끄러운 고해성사를 하듯 한 꺼풀씩 벗겨지기를 수없이 반복했고, 그것들이 재탄생되어 한 편의 드라마를 완성시켰다. 배우들은 작품에 미쳤고 츠카 코우헤이라는 연출가에게 완전히 매료되었다.

그와 우리는 1985년 말, 1년 뒤 재회라는 약속을 남긴 채 헤어졌다. 그 1년 후 우리는 일본에 초청공연을 갔고, 일본에서의 츠카 코우헤이의 존재감에 다시 한 번 놀랐다. 연일 매진된 공연과 일본 연극계의 비상한 관심들…… 일본 연극계에는 이미 '츠카 전, 츠카 후'라는 신조어가 있었고, 그 앞에서 무릎 꿇고 철저하게 맹종하는 일본 배우, 스탭들과 취재진들의 모습은 가히 "츠카가 곧 법이다"라는 말을 무색케 했다.

1994년 다시 방한해서 공연한 〈동경에서 온 형사〉를 끝으로 배우들과의 인연은 끝났지만 나는 츠카 씨를 그 뒤로 한국과 일본에서 몇 번 더 만났다. 그는 나를 그가 만난 세 명의 천재 여배우 중 하나로 인정해주었고, 나를 고베로 불러 일본 배우들 앞에서 내 연기를 시범으로 보여주기까지 했다. 그때 천진한 미소를 지으며 소년같이 즐거워했던 츠카 씨의 모습이 선명하게 기억에 남아 있다.

2010년 1월 폐암 소식을 들었고, 그 해 7월 그의 사망 소식을 들었다. 병상에 있을 때 그는 누구의 병문안도 허락하지 않았다고 한다. 그는 사망시 가족장으로 치루고 화장한 뒤 유해는 딸에게 한국과 일본의 중간인 대한해협에 뿌려달라는 유언을 남겼단다.

이 책《딸에게 들려주는 조국》은 츠카 코우헤이라는 한 인간이 딸에게 자신의 삶을 이야기해주는 내용을 담고 있다.

그는 일본에서 태어나 일본인들 속에서 더 일본 사람처럼 살았고 누렸고 명예도 얻었지만, 뼛속부터 한국인임을 나는 잘 알고 있다.

한국의 식민 역사에 분노했고, 일본 내에서 차별받는 한인들을 대변해 일본 총리와 대화를 나누었고, 자신의 성공과 노력이 재일 한국인에게 꿈과 희망이 되길 바랐다.

생전에 내색하지는 않았지만 그가 가진 조국에 대한 그리움과 사랑은 이 책 곳곳에서 드러난다.

이 책이 담은 그의 생각은 그것만이 아니다.

차별받지 않고 살게 하기 위해 딸을 일본 국적으로 한 날 눈물 흘리며 술잔을 기울였다는 대목에서는 경계를 살아온 한 인간의 고뇌가 절절히 마음에 다가온다.

"불행한 전쟁은 아빠와 엄마를 만나게 하고, 니라는 밝고 쾌활한 아이가 태어나도록 하기 위해서였다"는 그의 말에서 따뜻하게 세상을 바라보는 그의 마음이 느껴진다.

자신에 대한 절제된 고백과 삶을 바라보는 그의 자세는 우리가 흔히 생각하는 '애국심' 과는 거리가 멀어 보인다. 그에게 '조국' 은 그보다 더 큰 의미가 아닐까?

그는 '소중히 생각하는 눈 속에, 서로를 사랑하는 뜨거움 속에 조국이 있다'고 외친다.

한국과 일본이라는 경계를 살았던 그에게 어울리는 참 멋진 결론이다.

그는 내게 말했다. 당신의 아름다움은 조국이고 애국심이란 그 여자를 사랑하는 것이라고…….

그는 죽었다. 그러나 나는 그의 죽음을 용납할 수 없다. 그는 백조의 하얀 날갯짓밖에 몰랐던 날 뼈를 깎는 고통을 통해 흑조의 세계로 이끌었다. 그는 내 연기 인생의 스승이며 분신이었고, 극 속에서는 내 목숨을 걸고서라도 지켜내야 하는 평생 하나뿐인 사랑이었다. 그리고 아직 사랑은 끝나지 않았다.

차례

유언

벗, 지인 여러분!

츠카 코우헤이입니다.

돌아보면 부끄러움이 많은 인생이었습니다.

먼저 가는 자는 뒤에 남는 자에게 괴로움을 끼쳐서는 안 된
다고 생각합니다.

저는 믿는 종교도 없으니 죽은 자에게 지어주는 법명도, 무
덤도 원하지 않습니다.

조문과 장례, 송별식 등 일체의 의식은 사양합니다.

유골은 어느 정도 시간이 지난 후, 딸에게 한국과 일본 사이
대한해협 근처에 뿌려달라고 한 생각입니다.

지금까지 베풀어주신 과분한 사랑에 진심으로 감사드립니다.

2010年 1月 1日

츠카 코우헤이

遺言

友人，知人の皆，

つかこうへいでございます。

思えば恥の多い人生でございました。

先に逝く者は，後に殘る人を煩わせてはならないと思っ
ています。

私には信仰する宗教もありませんし，戒名も墓も作ろうと
は思っておりません。

通夜，葬儀，お別れの會等も一切遠慮させて頂きます。

しばらくしたら，娘に日本と韓國の間，對馬海峽あたりで
散骨してもらおうと思っています。

今までの過分なる御厚意，本堂にありがとうございます。

2010年 1月 1日

つかこうへい

부모보다 먼저 죽으면 안 된다

사랑스런 네가 벌써 네 살이 되었구나.

역시 넌 여자아이야. 아빠가 엄마랑 소파에 앉아 다정히 이야기라도 나누고 있으면 언제나 입을 뽀로통하게 내밀고 "엄마랑 얘기하지 마!"라며 두 사람 사이를 비집고 들어온단다.

그리고 니는 "나중에 크면 아빠랑 결혼할 거야!" 하고 말한다.

엄마가 "아빠는 이미 엄마랑 결혼해서 너랑은 못하는데"라고 하면, "아빠, 정말이야? 으앙" 하고 울어버리지.

아빠한테 매달리며 큰 소리로 울음을 터뜨리는 너를 보며 아빠는 어찌할 바를 몰라 안절부절못할 뿐이야.

엄마가 심술궂게 묻는다.

"당신, 행복해요?"

"응, 행복해."

아빠는 정말 행복하단다.

하지만 네 얼굴을 볼 때마다 '이런 아빠라서 미안하다'는 기분이 드는 건 어쩔 수 없구나.

너도 커서 결혼을 하게 될 텐데, 아빠라는 존재로 인해 네 인생에 혹여 피해가 가는 일이 생기지 않기를 바랄 뿐이다.

아빠는 주간지 같은 데 스캔들 기사가 많이 오르내리는 사람이니까, 언젠가 그런 주간지 쪼가리를 네 남편 될 사람이나 그 가족들이 보기라도 하면 어쩌나 하는 걱정이 된단다.

딱히 아빠가 세상에 얼굴을 못 들고 다닐 짓을 해온 건 아니지만, 너를 생각하면 반쯤 연예인 같은 삶을 살아온 내 자신이 싫어지는 건 어쩔 수 없다.

너는 아빠가 이 세상에서 얻은 유일한 진리이며 때 묻지 않은 존재란다.

그런 너에게 아빠가 한 가지만 말해둘게.

사람의 자식으로 태어나서 절대 해서는 안 될 일이 딱

한 가지 있는데, 그건 바로 부모보다 먼저 죽는 거야.

그것뿐이다.

네가 태어난 날은 1985년 12월 14일이야.

히로오에 있는 닛세키 병원 신생아실 유리벽너머로 너를 처음 보았을 때, 넌 팔다리를 한껏 펴고 작은 입을 크게 벌려 하품을 하고 있었지. 그 모습이 아빠는 무척 믿음직스러웠단다.

두 팔로 안아 올렸을 때 너는 마치 구름인양 가볍게 느껴졌고, 얼굴을 가까이 대니 달콤한 우유향이 났다.

"튼튼한 아이입니다."

아마노모리 선생님이 말씀해주셨지.

"고맙습니다, 선생님."

아빠는 하늘을 날듯 기뻤다.

정말 전날 밤부터 내내 고통스러웠거든.

네게는 태어나 바로 죽은 언니가 있단다.

얼굴이 너와 꼭 닮았었지.

그때 아빠는 엄마 곁에 있어주지 못했어.

아빠가 좀 허세가 있는 성격이다 보니 왠지 멋쩍어 아이가 태어날 거란 말을 주위 사람 누구에게도 하지 못했지. 그래서 사정을 모르는 친구들이 술 한 잔 하자던가 할 얘기가 있다고 만나자는 연락을 해오면 거절하지 못했어.

엄마는 그런 때조차 외출해버린 아빠에게 원망 한 마디 하지 않았지만 무척 힘들었을 거야.

네가 태어날 때도 K씨라는 사람이 별거중인 아내 일로 의논 좀 하고 싶다는 전화가 왔더랬지. 난 지금 그런 얘기를 듣고 있을 때가 아니라고 몇 번이나 거절하려고 했지만 결국 그렇게 하지 못했어.

엄마는 이번에도 "가서 얘기 들어주고 오세요"라고 말했는데, K씨 집으로 향하는 택시 안에서 아빠는 그만 울어버리고 싶은 심정이었다.

'부디 아이와 아이 엄마를 지켜주십시오.'

아빠는 난생 처음 신에게 빌었다.

그리고 다음 날 아침 건강한 너를 보았을 때 얼마나 기뻤는지 몰라.

그런데 네가 여자아이라서 그런지 아빠는 아빠 인생을

인질로 저당 잡힌 것 같은 기분이 들었다.

　또 앞으로는 지금까지처럼 가벼운 마음으로 살 순 없게 되는 건가, 생각하니 조금 쓸쓸한 기분이 들기도 했지.

너와 엄마만은 꼭 지켜줄 거야

병원에서 너를 데리고 집으로 돌아오는 차 안에서 아빠는 엄마에게 이렇게 선언했다.

"이 아이가 커서 언젠가 사랑하는 사람을 만나 결혼하는 날까지 잠시 맡아두는 거라고, 그때까지 키우는 역할을 맡은 거라고 생각해. 아무튼 맹목적인 사랑은 좋지 않아."

그때 아빠를 '오, 이 얼마나 멋진 남자인가' 하는 표정으로 바라보며 고개를 끄덕이던 엄마가 며칠 전 백화점에서 네게 줄 작고 귀여운 루이뷔통 가방을 사왔지 뭐냐.

그걸 보고 아빠는 소리쳤다.

"이런 걸 어릴 때부터 갖게 했다가 나중에 혹시 쥐꼬리만한 월급을 받는 가난한 남자랑 결혼하게 되면 어쩌려

고 그래. 골빈 여자가 되지 않겠어? 당장 가서 반품해
와!"

그러자 엄마는 이렇게 말하며 웃어넘겼지.

"그럴 때 열등감 느끼지 말라고 어릴 때부터 갖게 하는
거예요."

과연 일리 있는 말이라고 생각했다. 하지만 어쩐지 속
는 듯한, 뭔가 석연찮은 기분이었어……

그리고 다음에는 켈리백을 사줄 거라고 하더구나.

아빠가 가격을 듣고 기가 차서 말했지.

"아니 그런 6, 70만 엔씩이나 하는 가방이 애한테 왜

필요해. 사실은 당신이 갖고 싶은 거 아냐?"

"그게 무슨 말이에요?"

"그러지 말고 당신이 갖고 싶으면 갖고 싶다고 솔직히 말하는 게 어때?"

"내가 갖고 싶다고 하면 당신 사줄 거예요?"

"아니, 당신은 이제 내 아내가 되었으니 그런 건 필요 없잖아."

"어머, 그게 무슨 말일까요?"

엄마 말로는 요즘 시대는 식욕이나 성욕 외에도 쇼핑 욕구나 패션욕구 같은 게 있어서 그게 적당히 충족되지 않으면 여자아이의 교육상 좋지 않다는 거야.

엄마가 아빠와 결혼했을 때 나이는 스무 살이었다. 툭 하면 훌쩍훌쩍 눈물을 흘리는 겁쟁이 아가씨였지.

아빠와 데이트할 때에도 주스에 들어 있는 체리 씨를 뱉기가 창피해서 그냥 꿀꺽 삼켰는데, 아빠가 혹시 그 소리를 들은 건 아닌가 하고 걱정하느라 한숨도 못 잤다는 에피소드가 있는 사람이란다. 결혼하고 나서도 아빠랑 눈길을 맞추는 게 부끄러워서 반년 정도는 고개를 숙이고 밥을 먹었다.

그랬는데 네가 태어나고 나서는 점점 강해지더니 이제 너를 야단치거나 할 때는 마치 마귀할멈 같아진단다.

하루는 밥을 먹고 있는 너에게 "어허, 식탁에 팔꿈치 대고 먹으면 안 된다고 했지!" 하며 마치 아빠한테 뭔가 화라도 난 것처럼 탁 치는 거야.

아이를 키우는 일은 여자의 일이라고 생각했기 때문에 아빠는 육아 방식에 대해 일체 참견하지 않겠다고 작정하기도 했고, 이런 때가 바로 남자의 진면목을 보여줄 때라고 생각하며 입을 꾹 다물고 식탁에 두꺼비처럼 달라붙어 새우등을 하고 식사를 계속해보았지만 끝내 참지 못하고 폭발하고 말았지.

"일하느라 피곤해서 돌아온 사람 앞에서 꼭 그렇게 애를 야단쳐야겠어!"

"어릴 때부터 나쁜 건 나쁜 거라고 몸으로 터득하게 해줘야 해요. 이맘때 아이는 동물이나 마찬가지라고요."

세상 사람들은 아빠가 남 생각은 않고 뭐든 자기 좋을 대로 하는 사람이라고 생각하겠지만, 그만큼 다른 한편으로는 신경을 아주 많이 쓰며 방아깨비처럼 시종일관 고개를 숙이고 있는 인간이란다.

그러니까 집에 와서까지 울고 있는 네 모습을 보고 싶지는 않았던 거야.

"응석받이로 키우지 말라고 한 건 당신이잖아요."

"그야 그렇지만……"

"걱정하지 마세요, 당신 딸 아주 밝은 아이니까. 저것 봐요."

틀림없이 넌 밝은 아이다. 야단을 맞아도 세 발자국도 못가 금방 잊어버리고 부엌에서 춤추고 있는 그런 아이거든.

"이 아이, 이 밝고 쾌활한 성격은 누굴 닮은 거지?"

"그야 물론 당신이죠."

"나라고? 나…… 밝지 않은데."

"밝아요."

"그런가?"

소극적인 성격이었던 엄마는 너의 그런 다부진 성격을 보고 어이없어 하면서도 그걸 아주 좋아하는 눈치란다.

그런 너도 상냥한 데가 있어서 언젠가 밤에 아빠가 재워줄 때 불쑥 이렇게 말한 적이 있었다.

"엄마 얼굴에 난 수두…… 빨리 나았으면 좋겠는데."

엄마 앞에서는 절대 하지 않은 말이었어.

네가 세 살 때 걸린 수두가 면역력이 없는 엄마에게 옮아서 엄마가 고열에 시달렸던 일이 있었거든.

그때 엄마 얼굴에 작은 흉터자국이 생겼는데 넌 그걸 계속 걱정하고 있었던 거야. 아직 네 살이었던 네가……

"미나코, 네가 옮겼다고 생각해?"

"………"

"그렇지 않아."

"………"

"이제 금방 나을 거야."

"그렇지, 아빠?"

"그럼. 그만 자자."

"응."

다음날 아침 엄마에게 말했더니 정말 기쁘다는 듯 눈물을 흘렸다.

아빠도 덩달아 눈물을 흘리며 무슨 일이 있어도 너와 엄마만은 지켜주겠다고 생각했다.

칠월칠석 때도 넌 유치원 선생님이 "무슨 소원을 빌었니?" 하고 묻자 엄마 얼굴 얘기를 했다고 하더구나.

하지만 집에 돌아왔을 때 엄마에게는 이렇게 말했다고 하지…….

"여름방학 때 바다에 데려가줄 것."

"네 살이니까 장난감을 네 개 사줄 것."

이렇게 두 가지 소원을 빌었다고 말하면서 엄마 얼굴 얘기는 끝내 하지 않았다고 했지. 그런 네가 아빠는 참 좋아.

너는 어떤 사람을 만나게 될까?

엄마가 아빠와 결혼한 게 스무 살 때였으니까, 너도 스무 살에 결혼을 한다고 하면 너와 함께 있을 수 있는 시간은 앞으로 16년이네.

어쩐지 쓸쓸해진다.

그러나 네 인생이야. 네가 원하는 대로 살면 돼.

아빠는 항상 곁에서 조용히 지켜보고 있을 테니까.

아빠는 한국인이다

아빠의 필명은 츠카 코우헤이라고 한다.

본명은 가네하라 미네오金原峰雄, 정확하게는 김봉웅金峰雄이라고 하지.

1948년 4월 24일 후쿠오카현 카호군 카호마치 우시쿠마에서 김태얼과 황명임 사이의 둘째아들로 태어난 한국인이란다.

약력에는 후쿠오카현 이카즈카시 태생이라고 쓰여 있지만 그건 사실이 아니야. '카호군 카호마치 우시쿠마'라고 하면 너무 길기도 하고, 일일이 신문기자들이 되물어오는 게 귀찮기도 한데다 우시쿠마*라고 하면 소나 곰들

---

* 일본어로 '우시'는 '소', '쿠마'는 '곰'이라는 뜻이다.

이 사는 촌구석 같은 느낌이 들어서 창피했다.

이거 하나만 봐도 아빠가 꽤 소심한 사람이란 걸 알 수 있지.

또 신문기자들이 "어릴 때 조센징이라고 차별받지 않았습니까?"라고 물어오면 이렇게 대답했지.

"아니오, 저 같은 경우엔 그런 일은 없었습니다."

무슨 거물이라도 된듯 대담하게 말했지만 그건 사실이 아니었다.

하지만 그런 차별을 받았어도 원한 같은 거 품지 않고 잘 자랐다는 걸 보여주고 싶어서 그렇게 말했던 거야.

아무튼 허세가 있는 사람이다, 아빠.

직업은 극작가이며 소설가이지만 천직은 역시 무대연출가가 아닐까 생각한단다.

의협심은 보통 일본인보다 좀 더 있다고 생각한다. 틀림없이 이건 아빠의 재일 한국인으로서의 방어본능의 표현으로, 적어도 의리와 인정만큼은 일본인보다 더 갖고 있어야 일본에서 살아남을 수 있을 거라고 생각한 탓일 거야.

그리고 의리와 인정은 아빠 체질에 썩 맞는 것 같기도

하고.

사실 아빠는 아주 어두운 성격이야. 하지만 괴로운 일이 생기면 느긋하게 이렇게 혼잣말하지.

"일단 하룻밤 자고 나서 생각하자."

네 엄마는 아빠의 그런 면이 냉정하고 몰인정하다고 종종 푸념을 늘어놓지만 어쩌면 그것이 아빠의 건강법일지도 모르겠고, 아시아의 이태리인이라고 불리는 한민족의 쾌활한 혈통 탓인지도 모르겠다.

너한테 할아버지가 되는 태열泰烈이라는 분이 그랬다. 엉성하다고 해야 할지 쾌활하다고 해야 할지 모르겠다만 말이다.

아빠가 아직 어리고 가난했던 시절이었지. 할아버지는 이렇게 말씀하셨어.

"사람은 아무리 가난해도 남한테 손가락질받을 만한 짓을 해선 안 된다. 바르게 살아라."

그런데 사업에 성공해서 수중에 돈이 좀 들어오게 되자 말을 바꿔버리시더군.

"인간은 결국 돈이야. 세상 요령껏 살아라."

아빠는 할아버지의 그 엉성함이 아주 인간다워서 좋았다.

할아버지는 사교성이 좋아서 여자들한테도 인기가 꽤 많았어. 아빠가 어렸을 때 어느 날인가 부엌칼을 든 어떤 여자가 고래고래 소리를 지르며 집으로 쳐들어왔던 일을 지금도 기억하고 있다.

할아버지는 학교에서 막 돌아와 가방도 안 벗은 아빠를 방패막이로 삼으며 이렇게 말했지.

"아, 자, 잠깐만! 그러지 말고 내 말 좀 들어보라니까. 들어보면 알거야."

이런 따위의 말을 대충 둘러대는 할아버지 앞에서 아빠는 어이없어 하기보다는 너무 놀랍고 무서워서 그저 "용서해주세요!"라는 말만 거듭했지.

그때 부들부들 떨었던 일이 아직도 생각난다.

그리고 그 여자가 돌아간 뒤 할아버지는 아빠에게 이렇게 으름장을 놓았지.

"엄마한텐 비밀이다, 알았지?"

정말 무슨 아버지가 이러냐고 생각했었는데…… 쾌활한데다 자식이라면 죽고 못 사는 분이었으니 살아계셨더

라면 널 얼마나 사랑해주셨을지……

집에 놀러오던 한국인들은 일본으로 강제 징용당해 왔다는 사실을 원한 서린 말투로 이야기했지만 네 할아버지는 단 한마디도 그런 식의 말을 하는 분이 아니셨어. 그리고는 불쑥 말씀하셨지.

"어쩔 수 없지…… 전쟁에 약했으니."

아빠도 이제 마흔두 살이다.

좀 더 진지하게 재일 한국인이라는 존재는 대체 어디에서 왔고 어디로 향해 가는 건지 생각해봐야 할 나이가된 것 같다.

어머니를 위한 이름, 츠카 코우헤이

'츠카 코우헤이'라는 히라가나로 된 필명의 유래에 대한 질문을 자주 받는다.

그리고 이런 내용의 편지도 자주 받지.

(…) 나는 츠카 씨와 동세대의 사람으로서 츠카 씨가 일본 사회에서 성공한 것을 자랑스럽게 생각합니다. 다만 도저히 용서할 수 없는 일이 있습니다. 그건 왜 한국 이름을 쓰지 않고 '츠카 코우헤이'라는 이름으로 활동하는가 하는 것입니다. 츠카 씨 나이라면 우리 부모님들이 얼마나 갖은 고생을 하며 살아왔는지 아주 잘 알 테고, 츠카 씨 정도의 지식을 가진 사람이라면 우리 조국이 또 얼마나 일본에게 모욕을 당했는지 모르지 않을 것인데 말입니다.

1910년 일본에 합병된 후 우리 조국과 민족은 도탄에 빠져 온갖 고난을 겪어야 했습니다. 우리 조부모님은 강제 징용되어 일본으로 끌려왔는데, 있지도 않은 혐의를 뒤집어쓰고 특고*에 붙잡혀가서 사흘 밤낮을 줄곧 목검으로 맞아 초주검이 되는 일까지 겪었습니다. 물론 이건 극히 일부의 예이겠지만, 일제에 대한 원한은 결코 사라지지 않을 것입니다.

시대가 변하고 일본이 달라졌다고 떠들어대지만 일본인들 마음속에 있는 뿌리 깊은 차별의식이나 불합리한 사회적 차별은 여전히 남아 있습니다. 그래서 나는 그 차별을 철폐하기 위한 운동을 하고 있습니다. 그것은 일본이 자신의 잘못을 인정하고 또다시 같은 죄를 저지르는 일이 없도록 하기 위해, 또한 재일 한국인의 삶을 지키고 향상시키기 위해 싸우는 것입니다. 그런데 당신이 한국 이름을 쓰지 않는다는 것은 조국에 대한 명백한 배신 행위입니다.

또한 당신의 존재와 행동은 우리의 운동을 방해하고 차별을 은폐하는 것밖에 안 됩니다. 당신은 조국의 명예를 걸고 김봉웅이라는 이름을 써야 합니다.

---

* 특별고등경찰, 일본의 옛 제도에서 정치·사상 관계를 다루던 경찰.

츠카 코우헤이라는 필명의 유래에 대해서는 계속 답변을 얼버무려왔는데, 실은 한국에 계신 네 할머니를 위해서였단다.

할머니는 말도 안 통하는 일본에 와서 자식들 키우는 것만으로도 삶이 힘겹다 보니 공부할 시간이 없었다. 히라가나와 가타카나는 쓸 수 있지만 한자는 읽지 못한다. 그래서 할머니도 알 수 있는 히라가나 이름으로 하자고 생각한 거야.

아빠가 초등학교 4학년 때의 일이다.

할머니가 갑자기 초등학교에 들어가서 글을 배우고 싶다는 말을 꺼낸 적이 있었어.

그때 아빠는 한심하게도 이렇게 말하며 반대했지.

"창피하니까 그런 소리 하지도 마!"

"그렇나…… 부끄러운 거가?"

그 뒤로 할머니는 두 번 다시 학교에 다니겠다는 말을 하지 않았다.

그리고 아빠가 한창 반항적이던 고등학교 시절에는 정작 내가 할머니에게 학교에 다니지 말라고 했으면서 이렇게 소리쳤지.

"무식한 인간은 어쩔 수 없다니까!"

그때 눈물을 흘리시던 할머니 모습을 지금도 잊을 수가 없어.

아빠는 평생 '창피하니까 학교에 오지 마' 라고 했던 말에 대한 속죄를 하며 살아야겠지.

그러나 그 일을 할머니는 진즉 잊어버린 듯 가끔 이렇게 말씀하신단다.

"내사 마, 한자만 읽을 수 있었어도 니 책을 읽어볼 수 있을 낀데."

한숨을 내쉬며 이렇게 말씀하시는 할머니를 보면 아빠는 금방 죽고 싶어진다.

한번은 오키 마사야라는 아빠 친구가 자살했을 때 주간지에 '츠카 코우헤이는 호모' 라는 기사가 실린 적이 있다.

그때 비행기를 타고 계시던 할머니가 승무원을 불러 말했단다.

"여보이소, 이 잡지 나한테 파이소. 뭐라고 쓰여 있는 기요? 우리 아들이 호모라고 쓰여 있는교? 내사 마 히라가나랑 가타가나는 읽을 수 있지마는 한자는 못 읽는 기

라. 집에 가서 아들한테 읽어보라고 해야겠구먼."

"손님, 잡지는 비행기에 비치해두는 거라서 팔 순 없고요, 나중에 그냥 드릴게요."

승무원은 이렇게 말하고는 잡지의 내용도 읽어주었다고 한다.

아빠가 전처와 헤어지는 일이 한창 진행 중이던 때였는데, 할머니는 주간지 기사를 그대로 믿고 자리에 누워버리셨지.

"야가 참말로 호모였는갑다."

아빠는 전화라도 걸어서 '아니야, 난 여자를 좋아한다'고 할 수도 없고, 아주 난감했었다.

엄마가 네게 글씨를 가르쳐서 할머니한테 편지를 쓰게 했는데, 편지를 받을 때마다 전화를 걸어오셔서 이렇게 말씀하셨지.

"내가 까막눈이라 답장을 못 쓰이까, 미나코한테 미안해서 우짜노?"

그 말을 듣고 아빠는 또 슬퍼진다.

아빠는 비열하고 어리석은 아이였다

아빠가 자란 곳은 기질이 거친 치쿠호 탄광촌의 한복판으로, 당시의 한국인 차별은 말로 다 표현할 수 없을 정도였다.

그때는 바다에 '이승만 라인'이라는 것이 있었는데, 그 경계선을 넘어 대한해협에서 조업하는 일본 어선을 한국 경비대가 나포하곤 했었지. 그런 뉴스가 나온 다음날은 잔뜩 기가 죽어 감히 학교에 갈 엄두도 내지 못했다.

그리고 간신히 학교에 다녀온 후엔 투덜댔지.

"왜 한국 사람들은 아무 죄 없는 일본 어선을 붙잡고 난리야!"

또 다음날 학교에 가서는 "조센징은 구제불능이야"라는 따위의 말로 친구들에게 아첨을 떨었다.

지금 생각하면 부끄러운 일이지만 어린아이가 살아가기 위한 어쩔 수 없는 선택이었을 거라고 생각해.

그뿐만 아니라 솔직히 말하면 일본인 악동들과 합세해 마음 약한 한국 아이를 괴롭히기도 했다.

아무튼 아빠가 비열하고 어리석은 아이였던 건 확실한 것 같다.

그런데 "조센징은 구제불능이야" 따위의 아첨도 떨면 떨수록 쾌감 같은 것이 느껴져서 나중에는 '조센징은 실은 이렇구 저렇거든……' 하며 있지도 않은 이야기를 지어내 떠들어댔지. 그랬더니 한 일본인 친구가 핀잔을 주더구나.

"야, 그렇게까지 말할 건 없는 거 아냐?"

그러면서 어이없다는 표정을 지었지.

"저 자식 참 웃기는 놈이네" 하며…….

하지만 어린 아빠의 마음속에는 '내 조국을 경멸이라도 하지 않으면 살아나갈 수가 없잖아. 한국이란 나라는 구제불능이야. 하지만 난 아니라고' 라는 생각을 하는 자아가 있었다.

어릴 적 아빠에게 한국이라는 나라는 결코 자랑스러워

할 조국은 아니었어. 오히려 숨기고 싶은 나라였지…….

친척 아저씨들은 한국인으로서 자긍심을 가지라고 말했지만 끊임없이 조센징 소리를 들으며 괴롭힘을 당했던 아빠는 '자긍심을 어떻게 가지면 되는 거지? 난 모르겠는데?' 하며 뒤틀릴 수밖에 없는 외로운 소년이었다.

비굴하고 한심했던 아빠도 어른이 되면서 점점 멋진 인간이 되어갔다.

'어른이 되면서'라는 건 키시다상이라는 연극상을 받고부터라는 뜻이란다.

그리고 나오키상을 받을 즈음에는 당당한 인격자가 되서 아빠 스스로도 깊이 감동하는 날이 적지 않았단다.

'나라는 인간이 이렇게 욕심 없고, 덕이 높고, 인정 많고, 좋은 놈이었나?'

역시 인간은 칭찬받으며 성장해야 하는 게 아닌가 한다.

조센징인 아빠가 이렇게 우쭐대는 모습이나 기죽지 않고 당당해 하는 모습이 우익들의 눈에는 좀 거슬렸던 모양이야. 그들은 가끔 내게 전화해서는 고함을 지르기도 했다.

"야, 너 같은 자식, 한국으로 꺼져버려!"

그럼 아빠도 발끈해서 받아쳤지.

"야, 이 멍청아! 우리도 좋아서 온 게 아니야!"

사실 한국에 돌아간다고 해도 말도 모르고 돈도 벌 수 없을 테니 그야말로 난감해지고 말 거야.

그런 날이면 아빠는 종일 서재에 틀어박혀 지냈다. 쾌활하고 강인한 아빠 같은 남자조차 그렇게 침울해지는 걸 보면 다른 사람들, 특히 재일 한국인 여성들은 훨씬 더 힘들 거야.

아빠 같은 사람들은 스스로 원해서 한국인으로 태어난 게 아니다. 태어나 보니 한국인이었을 뿐이다. 그런데 한국인이라는 사실이 죄가 되어야 한다면, 그 세상이 잘못된 것이겠지.

아빠가 이 책을 세상에 내놓아 혹시 네가 어깨를 못 펴고 다니게 되는 건 아닌지 또 걱정이 되기도 한다. 하지만 아빠보다 너보다 더 괴로움을 겪고 있는 사람들에게 조금이라도 위안이 될 수 있기를 바라며 이 글을 쓰기 시작했다는 걸 생각해 주렴.

사람을 차별할 수 있다니, 그런 쾌감도 없지

갑자기 조센징이니 차별이니 하는 말만 들어도 1985년생인 너로서는 당황스러울 테니 잠시 일본과 한국에 대해 설명해 줄게.

제2차 세계대전 이전에 일본은 대동아공영권을 만든다는 명목으로(아시아가 한 마음이 된다는 뜻이지만 쉽게 말해 아시아 전체를 일본의 식민지로 만들겠다는 속셈이었지) 한국이나 만주(지금의 중국 동북부) 등을 침략했다.

최근에는 일본도 잘살게 되자 '침략하지 않았다'고 태도를 바꾸고 있지만 침략한 건 사실이야.

그러나 침략당한 쪽도 자랑은 아니지.

왜냐하면 전쟁을 걸어온 적에게 졌으니까. '침략당할 이유가 없다'는 따위의 주장을 한다 한들 인류가 존재하는 한 그런 말이 통할 리가 없다.

너는 이런 논리에 찬성하지 않기를 바라지만, 승부의 세계에선 이기지 않으면 의미가 없다. 방법이 지저분하다느니 깨끗하다느니 하는 건 패자의 공허한 메아리일 뿐이지.

예를 들어 "전에 네가 마작에서 이겼을 때 그 뻐기는 태도가 마음에 영 안 들었어"라고 말한들 웃기지도 않다는 거야. 마작이든 전쟁이든 이긴 놈이 으스대는 건 당연해.

그래서 인간이란 재미있는 동물이다.

그런데 일본은 좀 지나치게 뻔뻔한 데가 있어서 침략한 후 한국인에게 일어 사용을 강요하거나 창씨개명이라하면서 이름까지 바꾸게 했단다.

전에 할아버지는 쓸쓸하게 이렇게 말씀하셨지.

"우리 집안 성을 이누코犬子로 하려고 했던 적이 있다. 조상한테 물려받은 성을 바꾸는 건 개자식이나 다름없으니까."

제2차 세계대전이 끝나고 한국은 패망국인 일본으로부터 독립해, 두 나라는 평등해졌지만 식민지 기간 중 차별받아온 원한은 쉽게 사라질 수 있는 게 아니란다.

그리고 일본인 쪽에서도 한번 얕잡아본 상대를 그렇게 금방 존경하거나 대등하게 대하거나 할 수 있는 게 아니다.

그러나 만일 입장이 바뀌어 한국이 전쟁에서 이겼다면, 한국도 일본과 비슷한 짓을 했을지 몰라. 왜냐하면 국가도 자신이 가장 사랑스러운 법이니까.

어차피 인간이란 계급투쟁을 하는 존재다. 사람을 차별할 수 있다니, 그런 쾌감도 없지. 그런 투쟁본능이 있기 때문에 인간은 진보하는 거야.

그래서 아빠는 생각했지.

옛날에 노예 취급을 받았다고 해서 일본을 원망할 게 아니라 우리가 노예 취급을 당할 정도의 나라이며 국민이었다고 생각하자고.

이 역설은 너무 지나치긴 하지만 이렇게 태도를 바꿀 수 있는 힘이야말로 내일을 만들어내는 원동력이라고 생각한다.

그리고 이런 발상이야말로 아빠가 가진 생명력의 원천이 아닐까 한다.

'아빠' 로서, '한국인' 으로서
선택할 수밖에 없었던 길

아이가 태어나면 14일 내로 이름을 지어 구청에 제출해야 한다.

아빠는 너를 한국인으로 할지 일본인으로 할지 무척이나 망설였다.

그건 네 엄마와 결혼할 때도 마찬가지였어.

할아버지 할머니는 처음 일본에 왔을 때 말도 질 모르고 해서 질 나쁜 일본 사람들에게 속는 사람들을 많이 보아오셨어. 그래서 아빠가 일본 여성과 결혼하는 것만큼은 허락할 수 없다는 태도를 보이셨지.

뭐 할아버지는 동포들 사이에서 체면이 서지 않는다는 이유도 있었겠지만, 실제로 일본인과 결혼하면 풍습도 다르고 해서 좀처럼 잘살기 어려운 게 사실이란다.

하지만 주변에 일본인이 대부분이고 생긴 것도 서로 비슷하기 때문에 일본인과 가까워지기가 더 쉽지. 마침 좋아하게 된 상대가 한국인이라면 참 좋겠지만 그런 일 따윈 여간해서 일어나지 않아.

더구나 근친증오 같은 분위기로 북한(조선민주주의인민공화국) 출신은 더욱 안 된다고 하니 그런 경고를 일일이 따르다가는 제대로 결혼할 수 없었을 거야.

게다가 아빠는 한 번 결혼에 실패한 경력이 있고, 할아버지도 돌아가신 후였고, 엄마는 미인인 데다 귀염성 있는 인상이었기 때문에 할머니는 단번에 마음에 들어 하셨다.

정작 문제는 엄마를 아빠 호적에 넣어야 할지 말아야 할지였어.

즉, 엄마를 한국인으로 해야 할까 하는 문제였다.

엄마는 한국인이 될 생각이었고, 할머니도 그걸 무척 기뻐하셨지만 아빠는 생각에 생각을 거듭했다.

일본에서 나고 자란 아빠는 한국말도 모르고 한국으로 돌아갈 생각 또한 없었다.

솔직히 한국인으로 자란 탓에 겪었던 괴로움을 잘 알

기 때문에 엄마는 그냥 일본 국적으로 남겨두는 게 좋지 않을까 생각했지.

또 엄마를 한국인으로 하려면 절차도 복잡하고 번거로운 일이 많기도 했다.

하지만 아빠가 느낀 불합리한 고통을 엄마도 느끼게 하고 싶지 않다는 게 그때의 솔직한 심정이었다. 물론 더 이상 그런 시대가 아니라는 건 알고 있었지만 말이다.

그래도 아빠는 두려웠다.

한국인이라는 이유로 자라면서 아무리 괴로움을 겪었다 해도 아빠가 이대로 계속 일본에 살 거라면 귀화해서 일본인이 되어야 하는 건 아닌지 생각할 때가 있었다. 한국도 전쟁에서 이겼다면 일본과 비슷한 짓을 했을지 모르는 일이라는 생각을 하면서 말이야.

그리고 엄마를 한국인 호적에 올리면 너도 당연히 한국 국적을 갖게 될 텐데, 그렇게 되면 네가 커서 만일 관공서에서 일하고 싶다고 해도 그렇게 하지 못할 테고…… 그만큼 미래에 대한 선택의 폭이 좁아질 테고…….

실제로 일본이란 나라는 섬나라여서 그런지 좀처럼 외

국인에게 문호를 개방하지 않는단다. 외국인으로 괜찮은 직업을 가질 수 있는 건 의사나 변호사 정도고, 뒤처지면 야쿠자 따위가 될 수밖에 없지.

그렇다고 불쌍하다는 말만 하고 있을 수는 없구나. 그런 게 운명이란 거니까.

옛날에 네 삼촌이 학교에서 집단 괴롭힘을 당하고 돌아와서는 할머니를 당황하게 만든 적이 있다.

"날 왜 한국 사람으로 낳았어!"

막내로 태어나 응석받이로 자랐기 때문에 서슴없이 엄마에게 그런 말을 할 수 있었던 것일까? 하지만 그건 해서는 안 되는 말이었다.

아빠한테도 종종 귀화했는지를 확인하기 위해 한국인 젊은이가 찾아올 때가 있다.

그리고 이렇게 묻곤 하지.

"당신은 전에 일본인들에게 괴롭힘당한 일에 대해 어떻게 생각합니까?"

"강제 징용당한 일을 어떻게 생각합니까?"

또 이런 말을 하는 사람도 있었어.

"당신은 작가면서 일본인이 전쟁 때 얼마나 못된 짓을

했는지 왜 소설로 쓰지 않습니까?"

아빠는 그런 소설을 쓰면 꼴사나워질 뿐이라고 생각해. 그리고 딱히 본인이 강제 징용으로 끌려온 것도 아니면서 그렇게 목소리를 높일 일은 아니라고 생각한다.

아빠는 예를 들어 가와바타 야스나리*의 《설국》 이상으로 끊임없이 눈이 내려 쌓이는 풍경을 묘사할 수 있게 된 후 한국에 대해 써도 늦지 않는다고 생각한다.

그것이 작가에 뜻을 둔 아빠의 고집이기도 하다.

또 아빠는 옛날에 차별받은 일을 무슨 미토코몽**의 신분패라도 되는 양 내세우며 사는 건 남자답지 않다고 생각한다.

그러니까 설령 아빠가 아주 좋아하는 네 엄마와 성이 다르다고 해도, 아빠는 귀화할 수가 없다.

아빠에게는 츠카 코우헤이라는 입장이 있으니까 말이야.

아빠의 입장이란 건 그런 거야.

가끔 재일 한국인 젊은이로부터 "당신을 목표로 삼아

---

* 일본의 노벨문학상 수상 작가.
** 도쿠가와 시대 미토번의 2대 영주.

열심히 살겠습니다"라는 편지를 받는다. 그럴 때 아빠는 아빠가 그들의 의지처가 아닐까 생각하게 된단다.

그러니까 아빠가 일본인으로 귀화한다면 좀 과장해서 말하면 사회적인 영향도 있지 않을까 싶단다.

엄마는 자의로 아빠를 좋아하게 되었으니 이 모든 걸 감수해야겠지만, 너는 아빠와 엄마의 성이 달라서 첩의 자식처럼 인식되는 일이 있는 것 같아 못내 측은하구나.

실제로 네가 유치원에 들어갈 때 서류심사에서 떨어지는 건 아닌가 하고 얼마나 마음을 졸였는지 모른다.

하지만 너는 영리하고 누구보다 쾌활해서 선생님들이 무척 귀여워했지. 아빠는 정말 눈물이 날 만큼 기뻤다.

눈물 흘리며 술잔 기울이던 날

너에게 아빠의 성을 따르게 하지 않은 것이 어떤 의미인지 좀 더 설명해야겠다.

한국인은 유교사상의 영향을 받아 예의를 중시한다.

손윗사람한테는 절대복종해야 하므로 한 살이라도 나이가 많은 사람 앞에서는 담배도 피우지 않는다. 예를 들어 한국 도로에서 자동차 접족사고라도 나면 당장 "당신 몇 살이야"부터 나온다. 그리고 아무리 이쪽이 이치에 맞더라도 "나이도 어린 놈이 건방지게"라는 욕을 얻어먹기 십상이지.

또한 가문과 가족이라는 개념을 아주 소중히 여긴다.

한국인을 만나면 '어디 태생인가' '어디 출신인가'라는 질문을 자주 듣게 된다.

혈통에 대한 한국인의 그 끈끈한 의식은 예사롭지가 않아.

전두환이라는 전직 대통령의 친척들이 대통령 친척이라는 지위를 이용해 각종 비리를 저질렀다는 신문기사를 읽었는데, 그건 사실 흔히 있는 일이다. 집안에서 한 사람이라도 성공하게 되면 형제자매는 물론 일가친척 모두 자랑스럽게 생각하며 그 덕을 보려드는 법이지. 문제는 한 나라의 대통령이라면 좀 달라야 했는데, 오히려 그 정도가 더 심했다는 데 있지.

한국에 있는 아빠의 큰아버지 댁에는 백과사전처럼 두꺼운 족보가 몇 권이나 있는데, 경상남도 '김해 김씨'라는 명문가라고 자주 자랑하셨다.

한국에서도 아빠의 이름이 좀 알려진 듯 다들 "김씨 집안을 일으켜 세울 인물이 나왔다"고 아주 기뻐하는 것 같았다.

그런 집안이니 너에게 아빠의 성을 따르게 하지 않는 것이 그들을 얼마나 슬프게 하는 일인지 짐작할 수 있겠지?

"미나코, 어떻게 하면 좋을까?"

아빠는 너를 보며 마음속으로 몇 번이고 물었다. 네가 사내아이였다면 그렇게 고민하지 않았을 거야.

하지만 넌 여자아이이니까 고민이 더 많이 되었다.

올해 도쿄는 꽤 추워서 진눈깨비 섞인 찬바람이 아빠의 가슴을 몇 번이고 훑고 지나갔다.

너의 성을 어떻게 할지 엄마와는 의논하지 않았어.

엄마는 의심을 모르고 아빠만을 믿고 있는 사람이거든.

게다가 엄마는 1963년에 태어나 도쿄에서 나고 자란 사람이라 한국인에 대한 차별을 심각하게 목격한 세대가 아니란다.

너는 12월 14일생이니까 출생신고 기한이 12월 28일이었다. 그동안 아빠는 계속 생각했어. 가슴이 답답해질 정도로 생각을 거듭했지.

그날 아침 도쿄 일대에 하얀 눈이 내렸다.

너를 낳고 한층 더 아름다워진 엄마 곁에서 너는 새근새근 행복한 숨소리를 내며 잠들어 있었지.

젖도 잘 먹고, 너는 정말 건강한 아이였다.

"다녀올게."

"예."

엄마는 "어떻게 할 거예요?" 같은 말은 한마디도 하지 않고 눈을 가늘게 뜬 채 너를 바라보고만 있었어.

구청에 엄마의 성으로 네 이름을 제출했을 때 역시 할머니 얼굴을 뵐 낯이 없다는 생각이 들었다.

할머니는 할아버지가 돌아가시고 나서 마음이 약해져 있었기 때문에 "다 잘하고 있제?"라고만 하실 뿐 그 이상은 아무것도 묻지 않으셨다.

그날 밤, 엄마와 네가 잠들어 주위가 조용해진 뒤 아빠는 혼자 술을 마셨다. 도심의 지붕에 내려 쌓인 하얀 눈이 가로등 불빛을 받아 파랗게 빛났고, 선샤인 빌딩의 불빛이 아주 강렬하게 아빠의 눈을 쏘아보는 것 같았어.

네 인생에 행복이 가득하길 빌며 아빠는 언제까지고 술잔을 기울이고 있었다. 눈물을 줄줄 흘리며 하염없이 술잔을 기울였지.

너의 성을 바꿔 기껏 아빠를 낳아준 한국이라는 나라에 정말 면목이 없다고 생각했다.

아빠 몫의 대가 끊어지는 거니까.

너의 미나코라는 이름은 미네오[*]의 '미'와 나오코[**]의 '나'에서 따왔단다. 글자의 시각적인 느낌도 좋고, 너무 요란스럽지 않은 점도 아빠 마음에 들었다.

"잠이 안 오세요?"

"아니, 그냥 좀……."

"아기가 정말 귀여워요."

"응."

"병원에서 당신을 빼다 박았다고 간호사들이 그랬어요."

"나 같은 걸 닮으면 안 되지."

"어머, 왜요? 전 기뻤는걸요."

"………."

"그리고 이 아이가 걸을 수 있게 되면 인젠기 한국에 데려가주세요."

"………."

아빠가 엄마와 결혼한 이유는 오로지 아빠만을 생각하는 엄마의 그 해맑은 눈동자에서 '조국'을 보았기 때문

---

[*] 미네오峰雄, 작가의 본명.
[**] 나오코直子, 아내 이름.

이다.

　그래, 미나코야. 그 불행한 전쟁은 아빠와 엄마를 만나게 하고, 너라는 밝고 쾌활한 아이가 태어나도록 하기 위해서였던 거야.

'휴전 중'인 조국,
'소설도 검열하는' 조국을 찾아

네가 태어나고 2년이 지났을 때, 아빠는 한국을 방문하기로 했다.

마침 한국의 TV 방송국에서 아빠에 대한 다큐멘터리를 찍고 싶다는 제안이 왔었어.

지금부터 너에게 아빠가 본 한국, 그때 아빠의 기분을 이야기해줄게.

아빠의 마음속에는 할아버지가 돌아가신 후 집안이 망하고 한국에 돌아가 주눅 들어 살고 있는 할머니가 아빠라는 훌륭한 자식을 낳았다는 자긍심을 갖고 생활할 수 있도록 하겠다는 허세도 있었다. 그리고 아빠는 대체 어떤 곳에서 태어난 사람인지, 그 뿌리를 찾아보고 싶다는 마음도 있었다.

아빠가 자주 안아주는 습관을 들인 탓인지 너는 첫돌이 지나도록 걷지를 못했다. 그래서 한국으로 출발하는 아빠는 뒷덜미가 당겨지는 듯한 기분이었다. 그런 아빠에게 엄마는 말했지.

"신경 쓰지 마세요. 아이가 걷기 시작하는 건 늦을수록 좋대요."

"그게 무슨 소리야?"

"걷기 전에 확실히 기는 연습을 해두어야 하반신이 튼튼한 아이로 자란대요."

"그럴까?"

"조심해서 다녀오세요. 어머님이 무척 좋아하시겠어요."

"응."

"여보, 우리도 같이 가면 안 돼요?"

"어떤 곳인지도 모르고, 우선 내가 한 번 가보고 나서 데리고 갈게."

"약속했어요, 당신?"

"그래, 알았어."

"그런데 한국에서는 어떤 연극을 하는 거예요?"

"한국 제작사에는 '아타미 살인사건'의 대본을 보내놓긴 했는데, 그걸 다시 써서 재일 한국인 형사가 서울경찰청 부장으로 있는 배다른 형을 찾아 유학 간다는 이야기로 만들어볼까 해."

"예, 그렇군요."

"근데 실은 한국에 유학 가는 게 아니라 조국을 찾으러 가는 거야."

"조국이요?"

"우리 같은 사람은 일본에선 세입자 신세나 다름없으니 고국이라는 게 별로 와 닿지 않잖아. 마침 좋은 기회니까 좀 진지하게 조국이란 것에 대해 생각해보려고."

"그래서 찾아낼 수 있겠어요?"

"응. 찾아야지."

"조국이란 결국 뭘까요?"

"여자야."

"여자요?"

"그 일본에서 가는 형사는 한국으로 가는 비행기 안에서 잡지에 실린 서울경찰청 소속의 한 어여쁜 형사의 사진을 발견하게 돼."

"그래서요?"

"사랑이 싹트면서 깨닫게 되는 거지. 조국이란 이 여인의 아름다움이라는 걸."

"서울경찰청에 가니 바로 그 여형사가 있는 거군요."

"그래, 맞아."

"그래서, 어때요?"

"뭐가?"

"그 '조국' 은?"

"아직 결정하지 않았어."

"힘내서 좋은 작품 쓰세요."

"응."

"근데 연극은 한국말로 하는 거잖아요. 언어 문제는 괜찮겠어요?"

"무슨 일이 생기면 '괜찮아요' 하면 돼."

"'괜찮아요' 가 무슨 뜻이에요?"

"'괜찮아요' 란 '결국 될 대로 되게 되어 있다' 라는 뜻이야. '뭐, 어깨에 힘주지 말고 즐겁게 합시다' '케 세라 세라(될 대로 되라)' 와 비슷한 뜻이지. 한국의 서민문화를 지탱하고 있는 말이라고 할 수 있어."

"여보, 이 아이 기분 좋게 잠들어 있는 모습 좀 봐요. 정말 '괜찮아요' 네요. 호호호!"

아빠가 처음 비행기에서 하얀 바위산이 인상적인 조국을 본 건 서른여덟 살 때였다.

한국 TV 방송국의 기자가 마이크를 들이대고 물었어.

"조국에 오신 느낌이 어떻습니까?"

아빠는 대답했지.

"최선을 다해 좋은 연극을 만들도록 하겠습니다."

연출에 관한 아빠의 재능은 누구한테도 지지 않을 자신이 있다고 생각했다.

인생의 좋은 반려자와 너라는 아이를 보내준 한국이라는 나라에 은혜를 갚을 길이 있다면 그 재능을 발휘하는 일밖에 없을 거라고 생각했다.

그리고 이 연극이 끝나고 다시 일본으로 돌아갈 무렵에는 아빠의 마음속에서 한국을 떠나 보낼 거라고 생각하고 있었다.

언제까지나 한국이란 나라에 매어 살 순 없는 노릇이니까.

앞으로는 아빠를 여기까지 길러준 일본이란 나라에 온 힘을 다해 은혜를 갚아야 한다고 생각했다.

일본 친구들도 다 좋은 사람뿐이다. 아빠의 재능을 믿고 아빠가 좋은 무대를 만들 수 있도록 최선을 다하는 사람들이지.

예를 들면 연출가인 하세가와 야스오 군이라는 사람이 있는데, 이 친구가 한번은 아빠가 음주운전을 하다 사람을 치었다고 잘못 알고는, "무조건 츠카 씨를 도피시키고 나서 네가 친 걸로 하자"고 필사적으로 사카이 군을 설득하기도 했단다. 무모한 사람의 말도 안 되는 얘기지만 그때 아빠는 눈물이 날 만큼 기뻤어.

C컴퍼니라는 제작사의 스게노 주로 군이라는 사람도 그래.

이 사람은 아빠 극단의 매니저 같은 사람인데, 이번 한국행 이야기를 들었을 때 이렇게 말했지.

"츠카 씨, 한국어 할 줄 알아요?"

"아니, 듣는 정도는 그럭저럭."

"그래선 곤란하죠. 아무래도 제가 따라가야겠어요."

"자네 회사는 어쩌고?"

"지금 회사 걱정할 때가 아니죠."

"그게 무슨 소리야?"

"제 친구 중에도 재일 한국인이 있는데, 대개는 괴롭힘 당하고 울상이 되어 돌아오곤 하죠, 왜 모국어를 못하냐고요."

"천하에 이 츠카가 누구한테 괴롭힘을 당한다는 거야, 쳇!"

"저 보라니까, 그 태도 말인데요. 그 거만한 말투가 한국에서 통할 거라고 생각하세요?"

"통하게 하면 되지."

"또, 또, 그러신다. 그러니까 내가 따라가야 한다고요."

스게노 군은 아빠가 뭔가 일을 저지를 때마다 투덜대면서도 눈을 반짝반짝 빛내며 뒤처리를 하고 다니는 게 삶의 보람인 사람이야.

"아휴, 츠카 씨 때문에 내가 골치가 아프다니까" 하면서 말이다.

네가 태어났을 때도 제일 먼저 달려와서는 느닷없이 이렇게 말했단다.

"미나코 짱이 나쁜 놈한테 걸려들지 않도록 지금 당장

가톨릭 세례를 받아두는 게 좋지 않을까요?"

아빠도 갑자기 심각해져서 그 일을 엄마한테 이야기했지. 물론 웃음거리만 되고 상대해주지도 않았지만……

스게노 군은 아들만 둘 있는데, 남자아이는 전혀 귀엽지 않다고 하며 늘 아빠를 부러워하지.

"여자아이는 이걸 입혀볼까, 저걸 사줄까 하는 사소한 즐거움을 누릴 수 있어 좋겠어요."

"근데 스게노, 자네 한국에 따라간다고 했는데 한국어 할 줄 알아? 자네 전에 하와이에 갔을 때도 영어를 못해서 자폐증에 걸렸었잖아."

"백인한테는 제가 좀 약하지만 아시아인한테는 강해요."

"자네, 그 말에 차별의식이 깔려 있는 건 아냐?"

"아무튼 한국은 아직 준전시 체제인 나라니까 언행에 조심하셔야 해요."

"그건 또 무슨 소리야. 준전시 체제라니?"

"아직 북한하고 전쟁하고 있는, 현재 휴전중인 나라라는 말입니다."

"내년에 올림픽을 여는 나라가 전쟁을 한다고?"

"그리고 징병제도도 있어요. 만약 츠카 씨가 한국에 있고, 북한하고 전쟁이 나면 츠카 씨는 한국인이니까 총 들고 싸우러 나가야 하는 거 아니에요?"

"말도 안 돼, 무슨 그런……."

그러면서도 아빠는 오싹한 기분이었다.

그러고 보니 한국의 전소 프로듀서가 전화로 한국으로 보낸 대본도 지금 문화공보부라는 곳에서 검열을 받고 있다나 뭐 그런 얘기를 했었지.

"그 문화공보부를 영어로 뭐라고 하는지 아세요?"

"뭐라고 하는데?"

"NSP(국가안전기획부) 같은 거예요."

"뭐, 뭐라고?"

NSP는 옳지 못하다. 한국에서는 영화와 연극뿐 아니라 소설 같은 것도 검열을 하는 모양이야.

"근데 그런 곳에서 나의 무엇을 조사한다는 거지?"

"제 친구 말로는 제목에 '살인' 같은 글자가 들어가는 연극은 허가가 안 난다고 하던데요."

"젠장, 내가 연극을 하겠다는데 대체 누구의 허가가 필요하다는 거야!"

서울올림픽이 끝난 지금은 그런 일이 없어졌을까? 아무튼 아빠가 서울에 갔던 1987*년까지만 해도 한국은 그런 시대였다.

"자꾸 말해서 그렇지만, 부디 언행에 조심하세요. 한국이란 나라는 김대중이라는 정치인을 일본 호텔에 납치해 놓고도 한국에 있었다고, 아무것도 모른다고 시치미 뚝 떼는 나라라고요. 하물며 츠카 씨는 거기에 비하면 일개 작가에 불과해요. 붙잡아서 평생 일본으로 돌려보내지 않겠다고 하면 어떻게 할 거예요?"

"아무리 그렇다고 나 같은 사람을 잡지는 않겠지."

스게노 군이 눈을 번득이면서 말했지.

"츠카 씨가 지금까지 한국에 대해 어떤 발언을 해왔다고 생각하세요? 어제 한국 TV 방송국 사람들과 한 잔 할 때도 그래요."

"내가 뭐라고 했는데?"

"이 PD가 '요컨대 한국이란 나라는 삼천 년의 역사 가운데 천년은 침략당한 역사가 있다. 하지만 거기에서 다

---

* 저자가 서울에 온 시기는 원래 1985년이었다. 1987년이라는 상황 설정은 저자가 의도한 픽션이다.

시 일어서온 훌륭한 나라'라고 했을 때 츠카 씨가 '음, 삼천 년 중에 천년이면 삼일에 하루라는 건데, 삼일에 하루씩 임금이 바뀌었다가는 백성들이 제대로 성장하지 못했을걸' 하고 말했잖아요."

"그래, 그 말에 다들 웃었잖아."

"그야 웃었지요. 하지만 그때 이 PD 일행은 욱했었다고요."

"뭐, 그자들도 '네. 맞아요, 맞아. 츠카 씨 말이 맞아요. 일본이네, 한국이네, 예전에 이랬느니 저랬느니 하는 그런 시대가 아닙니다. 세계로 눈을 돌려야 합니다'라고 했었잖아."

"그건 여기가 일본이니까 그렇죠."

"그자들이 그림 속에도 없는 말을 했다는 거야?"

"게다가 츠카 씨는 '재일 한국인으로서의 긍지는 없는가?'라는 질문에, '그런 거 없소'라고 대답했어요."

"그야, 없는 걸 어쩌겠어. 강제 징용으로 끌려와서 무슨 긍지야, 긍지가. 내 생각에는 말이야, 그야 뭐, 강제 징용되서 온 자들도 있긴 하겠지만, 그중에는 지원해서 온 자들도 있을 거라고. 고국에서 먹고 살 만했으면 한국에 남아 있었겠지. 우린 그런 자들의 자식이라고. 제대로 된 인간이 태어날 리가 없잖아. 어디에다 긍지를 가지라는 거야, 대체!"

실제로 아빠 주변에 있는 한국인들을 봐도, 재일 한국인 1세들은 남들 시선 따위 의식하지 않고 파친코 가게나 러브호텔 같은 그다지 깨끗하다고 할 수 없는 장사를 해서라도 성공하지만, 2세가 되면 이마에 땀 흘려가며 일했던 건 잊어버리고 그저 깨끗한 일만 하고 싶어하는 바람에 대개 가산을 탕진하는 경우가 많단다.

"그 증거로 말이야, 내가 전에 고향에 갔을 땐데 버스 정류장에 새빨간 립스틱을 바른 술집여자 같은 사람 둘이 서 있는 거야. 근데 자세히 보니까 우리 친척들이었어, 하하하!"

"그런 얘기를 그렇게 농담처럼 하는 츠카 씨의 말투 때문에 우리가 츠카 씨를 좋아하죠."

"농담이 아니라니까. 멀리서 찾을 것도 없어. 우리 집이 그 좋은 예야. 아버지가 돌아가시자 형이란 작자가 멍청해서 저랑 똑같은 돈 많은 2세 바보자식하고 어울려 요트니 뭐니 하며 설치고 다니더니 결국 재산을 몽땅 날려

버렸잖아. 그 인간들 가진 능력이라곤 아무것도 없으니 자동차나 입는 걸로 허세를 부릴 수밖에 없었던 거지. 뭐, 불쌍하다고 하면 불쌍한 인간들이긴 하지만 말이야."

"츠카 씨는 솔직하네요."

"뭐, 솔직해지기도 했겠지. 꼬마 시절부터 '조센징'이라고 끊임없이 괴롭힘당하고, 혼자 되신 어머니를 혼자 한국에 살게 하는 처지니까."

"그래도 지금부터 가는 곳은 한국이니까 부디 조심하세요. 말하자면 적진이에요."

"적진이라고? 이봐, 난 일본인이 아니라 한국인이라고. '그래 잘 왔다, 일본에서 얼마나 고생이 많았나. 좋은 연극을 가져와줘서 고맙네' 하고 따뜻하게 맞이해줄 거라고."

말은 그렇게 했지만 결국 아빠에게는 강한 의욕과 함께 일말의 불안을 안고 간 여행이 되고 말았단다.

조국을 알기 전에는 돌아갈 수 없다

서울행 대한항공 65편에서 아빠 옆자리에 앉은 사람은 요코하마에서 무역업을 하는 박 사장이라는 쉰 살쯤 된 온후한 신사였다.

뒤쪽 좌석에는 서울로 여행 가는 여대생들로 가득했다. 박 사장이 신나게 떠들고 있는 그녀들을 뒤돌아보며 말했다.

"예전에는 이렇게 젊은 일본 아가씨들과 함께 비행기를 탄 적이 거의 없습니다. 한국의 이미지가 바뀐 걸까요?"

즐겁게 떠들고 있는 여대생들 중에는 재일 한국인 2세 그룹도 있었다.

"우리뿐일까요? 과거를 잊지 못하는 건."

"그럴지도 모르죠."

"인간이란 증오심을 계속 유지하지 못하는 존재일까요?"

"뭐, 그걸로 된 거 아닙니까?"

"왜 변했을까요?"

아빠가 생각하기에 요즘 세상은 촌스러운가 촌스럽지 않은가로 가치관이 결정되는 것 같다. 지금까지의 한국은 촌스러웠지. 하지만 지금까지 촌스러웠던 곳을 멋지게 개발할 수 있다는 좋은 점이 있다. 창고를 새로 단장해서 디스코텍으로 만들어 '다락방'이라고 부르는 것이 그래. 요즘 젊은이들한테는 한국 여행이 멋진 일이 되어가는 것 같다.

"유행일까요?"

"그렇겠죠."

"실은 말이죠, 얼마전에 제 딸아이가 하는 말을 듣고 놀란 적이 있는데요. 친구가 치마저고리를 빌려달라고 했다더군요. 근데 그 친구라는 아이가 일본인이었어요. 그걸 왜 빌려달라고 하더냐고 물었더니 결혼식 피로연에서 입겠다고 했다는 겁니다. 깜짝 놀랐지 뭡니까. 불과 몇

년 전까지만 해도 누구나 한국인이란 걸 숨기고 싶어했는데 말이죠. 우리가 끊임없이 차별당하고 원한을 키워온 그 굴욕의 세월은 대체 뭐였을까요."

아빠와 엄마의 결혼식 때 얼굴이 작은 엄마가 빨간 치마저고리를 입은 모습은 무척 아름다웠다.

그런데 일본 옷, 웨딩드레스, 치마저고리까지 세 번이나 옷을 갈아입느라 아빠까지 거기에 맞춰 두 번이나 옷을 갈아입어야 했는데, 아주 힘들었지.

사회를 맡아준 하세가와 야스오 군이 이렇게 말해서 엄마와 아빠는 크게 웃었다.

"근데 이건 대체 어느 나라 결혼식이지?"

박 사장이 아빠한테 묻더구나.

"그런데 츠카 씨는 일본에 귀화하지 않으십니까?"

"네……."

"왜죠?"

"어머니를 슬프게 하고 싶지 않다는 것도 있지만, 역시 제 고집이겠죠."

"그건 민족의 혈통 때문이 아닌가요?"

"아뇨, 그건 아닙니다."

아빠는 재일 한국인 2세로서의 이치를 세우는 것뿐이야. 남자가 혈통이니 민족의 자긍심이니 하는 한가한 얘기나 늘어놓고 있을 수는 없다. 아빠한테는 좀 더 중요한 일이 있어.

그리고 아빠가 그런 말을 결코 입에 담는 법이 없기 때문에 일본 친구들도 아빠의 혈통과 민족을 걱정해주는 거라고 생각한다.

박 사장이 말하더구나.

"우리 큰아들 말로는 당신이 귀화하면 거기에 용기를 얻어 귀화하는 사람들도 많을 거라고 하던데요."

"네? 그런가요? 그런 사람들도 있나보군요."

아빠는 한번도 생각해 보지 않은 이야기라서 순간적으로 움찔했단다.

"그리고 츠카 씨, 한국에서 '괜찮아요' 라는 말에 당황하는 경우가 생길 테니 조심하세요."

"그게 무슨 뜻입니까?"

"예를 들면 약속시간에 늦거나 약속을 어기거나 해도 '괜찮아요' 한마디로 그냥 넘겨버려서 화가 날 때가 있어

요."

"그런가요?"

"게다가 한국인들은 일본에서 자란 우리가 보기엔 정말 경박해 보일 때가 있지요. 하지만 그건 그들 특유의 붙임성 때문이라고 생각하세요. 저도 딱 한 번 만났을 뿐인 친구가 제멋대로 제 호텔방에 쳐들어와서는 침대에 아무렇게나 드러눕고 맘대로 냉장고 안에서 맥주를 꺼내 마시고 텔레비전을 보았던 경험이 있어요. 보다 못한 제가 '이거 너무하는 거 아냐' 하고 소리치자 거꾸로 '무슨 이런 인정머리 없는 인간이 다 있어!' 하고 맞받아치더라고요. 즉, 그만큼 친한 사이니까 이렇게 하는 거라는 얘기가 되는 거죠. 하지만 그들은 기본적으로 유순하고 쾌활하고 흥이 많은 사람들입니다. 그러니까 그럴 땐 부디 성급히 화내지 마시고 좋게 봐주세요."

박 사장이 부끄러운 듯 몸을 움츠리며 또 말했다.

"그리고 이 나라에서는 사람 사이의 유대관계를 소중히 여기는 나머지 뇌물이라는 것에 대해서도 그다지 죄의식을 느끼지 않습니다."

"그게 무슨 말씀입니까?"

"5년 쯤 전의 일인데요. 제가 조상 묘지에 성묘를 하려고 시골에 갔던 일이 있었거든요. 그때 개인택시 운전을 하는 친척이 묘지까지 같이 가주었지요. 성묘를 무사히 마치고 서울의 호텔로 돌아와 수고해준 것에 대한 보답으로 그 부부에게 술을 한잔 대접했지요. 술을 꽤 마셨으니까 돌아갈 때는 차를 호텔에 두고 다른 택시로 가라고 이르고 헤어졌는데, 이튿날 아침 날이 희뿌옇게 새기 시작할 무렵 요란한 전화벨 소리에 잠이 깼습니다. 그건 경찰서에서 걸려온 전화였는데, 그 택시기사 부부가 호텔에서 돌아갈 때 음주운전을 하다가 다른 차를 들이받고 도망쳤다는 거였어요. 제가 놀라 잠시 멍하고 있는 사이에 전화 상대가 그 택시기사로 바뀌더니 '미안하지만 500만 원만 빌려줄 수 없을까요?' 하는 겁니다. 제가 어디에 쓰려고 그러느냐고 물으니까 상대방과의 합의금과 경찰에게 줄 뇌물로 쓴다지 뭡니까. 저는 긴가민가하면서도 일단 경찰서로 500만 원을 가지고 갔는데, 두 사람은 그 자리에서 석방됐고, 그 택시기사는 그날 밤이 되자마자 영업을 하러 나가더군요."

"일본이라면 당장 개인택시 면허가 취소됐을 텐데요?"

"저도 그걸 걱정했지요. 제 성묘 탓에 영업정지라도 당하면 너무 미안하기도 하고, 아무튼 평생 돌봐줘야 하지 않겠어요? 하지만 운전면허도 취소되지 않았어요."

"하하하!"

"그들의 발상은 이런 겁니다. 딱히 사람이 죽은 것도 아니고 좀 부딪힌 것뿐이다. 영업을 정지시킨다고 해서 누구한테 득이 되겠냐? 받힌 쪽도 수리비 이상의 돈을 받았다. 경찰도 한잔 할 수 있다. 그 이상 더 좋은 방법이 있겠느냐 하는 거죠."

"그거 아주 논리적이군요. 호호호!"

"그런 융통성을 '괜찮아요'라고 생각해도 좋습니다. 그러나 그 '괜찮아요'는 결국 이 나라의 발전을 저해하는 요소가 되겠지요. 저는 오늘날의 일본이 있는 건 말단 공무원조차 비리를 저지르지 않는 높은 윤리의식 덕분이라고 생각하거든요."

"지금도 한국은 그런가요?"

"글쎄요. 벌써 5년이나 지난 얘기니까."

"하지만 서민 생활의 버팀목이란 건 바뀌지 않는 게 아닐까요?"

박 사장이 먼 곳을 보듯 눈을 가늘게 뜨고 자세를 고쳐 앉으며 말했다.

"그렇지만 생각하기에 따라서는 참 즐거운 나라입니다. 한국에는 바쁜 일본에서 잃어버린 여유라는 게 아직 있어요. 작은 사고 정도라면 뇌물로 용서받을 수 있다니, 꽤 인간적이지 않습니까? 인간을 믿을 수 있다는 마음이 생기지 않나요? 그야말로 '괜찮아요'입니다."

"그래도 설마 배우가 자신이 등장할 차례를 틀리거나 대사를 잊어버리거나 해도 '괜찮아요'는 아니겠죠?"

"……당신이 도중에 포기하는 일이 없기를 바랍니다."

"아뇨, 결코 도망치지는 않을 겁니다."

미나코야, 아빠는 38년이나 줄곧 도망쳐왔으니 더 이상 도망치는 일은 없을 거야. 조국이란 무엇인가를 확실히 아빠 손으로 잡기 전에는 일본으로 돌아갈 수 없어.

부끄러움을 모르는 인간은 쓰레기다

박 사장이 얼굴에 알 듯 말 듯한 미소를 띠고는 물었다.

"그런데 츠카 씨, 일본 관객과 한국 관객의 웃음 포인트가 다르지 않을까요? 그런 차이점은 어떻게 해결할 생각입니까?"

"그것은 무엇을 부끄러움이라고 생각하는가 하는 점이라고 봅니다."

"부끄러움이요?"

"저는 문화라는 건 부끄러움의 방향성이라고 생각합니다. 거기에 중점을 두고 작품을 만들면 그다지 큰 차이는 없을 거라고 보는 거죠."

예를 들어 일본에서는 식사할 때 밥공기를 손에 들고

먹지만, 한국에서 밥공기를 손에 들고 먹는 건 예절에서 벗어나는 행위가 된단다. 그러나 그런 예절을 모른다고 해도 그건 부끄러운 일이 아니야. 요는 애써 만들어준 요리를 얼마나 맛있게 먹어주느냐가 중요한 거지.

마음을 담아 "정말 맛있어요" 하고 말할 줄 아는 게 정말 예의 있는 거란다.

아빠는 그렇게 마음을 담는 법을 연출하면 되는 거야.

미나코야, 사람이란 무엇을 꼴불견으로 생각하고 무엇을 부끄러움으로 생각하는가, 그것이 차이를 만든다고 생각한다. 부끄러움이 없는 인간은 일본인이든 한국인이든 쓰레기다.

아빠한테도 민족운동을 하는 분들이 자주 '지문날인을 거부하자'는 제안을 해왔단다. 그러나 아빠는 지문날인 따위 아무리 하게 해도 상관없다고 생각한다. 그런 걸로 아빠의 마음까지 관리할 순 없을 테니 말이야.

외국인등록증명서도 마찬가지다. 만일 주머니에 넣는 걸 깜빡해서 경찰한테 붙잡힌다면 그건 그때 가서 할 얘기야. 주차위반을 했다고 생각하면 돼. 그걸 가지고 요란스럽게 굴욕이니 뭐니 떠들어댈 필요는 없어.

어느 나라 경찰이든 좋은 사람도 있고 나쁜 사람도 있다. 무엇보다 그들에겐 그게 일이니까 물론 이러니저러니 말을 하겠지.

한국에서도 지문날인은 국민의 의무야.

아빠도 얼마 전에 외국인등록증명서를 갱신하러 구청에 다녀왔는데, 구청 직원이 주저하는 눈빛으로 물어보더구나.

"저…… 지문날인은 어떻게 하시겠습니까?"

아빠는 심술 좀 부려볼까 싶어서 이렇게 말했단다.

"만일 제가 날인하지 않겠다고 하면 어떻게 됩니까?"

"지금은 억지로 날인시키라는 지시는 내려오지 않았습니다. 아시다시피 지금 그 문제로 세상이 시끄럽지 않습니까? 하지만 정말이지 저희 입장이 곤란합니다. 저 같은 경우는 처자식도 있고 주택 대출금도 있고, 정년퇴직해서 연금을 받을 수 있을 때까지 풍파 일으키지 않고 어떻게든 끝까지 근무하고 싶습니다."

거의 울상이 되어 이렇게 대답하는 거야. 사족이지만, 이런 소시민이야말로 전쟁이 나면 태도를 확 바꿔 인육 같은 걸 먹는 사람으로 돌변하기도 한단다.

박 사장이 말했었지.

"하지만 츠카 씨, 솔직히 말해 당신의 언행은 우리 동포들에게 큰 파문을 일으키고 있어요."

"필시 같이 싸우려 하지 않는 난처한 존재겠지요."

엄마는 틀림없이 아빠가 모르는 사이에 한국에 계신 할머니로부터 추궁당했을 거야.

"니는 와 우리 호적에 안 올리고 그카노. 그리 한국 사람 되는 게 싫더냐. 한국 사람이 무슨 나쁜 짓을 했다고 그라노?"

그런데도 그런 말 한마디 하지 않는 엄마를 위해서라도 아빠는 뭔가 좀 부끄러운 투쟁 따위는 하지 못한다.

박 사장이 물었다.

"연극 말인데요, 그 도쿄에서 온 재일 한국인 형사는 아름다운 여형사한테서 조국을 본다고 했는데…… 그 다음은 어떻게 됩니까? 두 사람은 결혼하게 되나요?"

"글쎄요, 어떻게 될까요. 저처럼 엉덩이가 꽤나 가벼운 경박한 사내라서 말입니다. 절개가 굳은 한국 여인이 받아줄지 모르죠, 하하하!"

"그 여형사 역은 누가 합니까?"

"김지숙이라는 여배우가 합니다."

"김지숙이요? 어떤 배우인가요?"

"인정이 많고 열정적인 배우랍니다. 단 일본으로 돌아가진 못해요."

"예?"

그때 통로를 사이에 두고 옆자리에 앉아 열심히 《한국가이드북》을 읽고 있던 스게노 주로 군이 '음' 하고 신음 소리를 냈지.

"왜 그래?"

"이래서는 일본을 증오하는 것도 무리는 아니네요."

"왜?"

"도요토미 히데요시가 아주 나쁜 짓을 했어요."

"무슨 나쁜 짓을 했는데?"

"한국인 귀를 5만 개 소금에 절여 보내라고 명령했다는데요."

"5만 개라면 너무 심하잖아. 그래서 어떻게 됐어?"

"소금에 절여서 독에 넣어 보낸 모양입니다."

"뭐? 어디 좀 봐."

아빠가 그 책을 들여다보니 과연 놀라운 사실이 쓰여 있었지.

"어이, 이거 무시무시한데. 포로를 끌고 갈 때 나란히 줄 세워놓고 귀에 구멍을 뚫어 철사로 꿰어 데려갔다는 군. 이래서야 철천지원수라는 말도 나오겠네."

"저도 일본인으로서 부끄럽습니다."

"어이, 그 책 이리 내놔봐. 내가 진지하게 읽어주겠어."

가이드북을 빼앗아 읽어나가는 동안 점점 콧김이 세지고 참을 수 없이 화가 치밀기 시작했다.

게다가 이 비행기 승객 중 절반은 기생관광이 목적인 유카타 차림의 중년 남성들이었다.

아빠는 불끈불끈 솟아오르는 증오의 불길을 어찌할 수 없었다.

"이거 내 생각을 좀 바꿔야겠는데. 일본인들이 이렇게 까지 했으리라고는 생각도 못했는걸, 제기랄!"

"죄, 죄송합니다!"

"죄송합니다가 아니야, 빌어먹을!"

가이드북을 쥔 아빠의 손은 분노에 떨고 있었다.

"니도 그 민족운동이란 걸 한번 해볼까…… 어이, 그

운동 하는 '조총련' 이란 게 어디 있어?"

"츠카 씨는 남쪽이니까 '민단' 쪽 아닌가요?"

"이 좁은 일본에서 그런 단체를 두 개씩이나 만들어서
뭐하자는 거야?"

"글쎄요."

"그 둘 사이가 나쁘진 않아?"

"나쁩니다."

"뭐, 나쁘다고? 인간들 하는 짓이란 항상 똑같다니까,
염병하고 있네. 바보 멍청이들! 이 글을 읽어보면 그따위
짓거리들 하고 있을 새가 없을 텐데⋯⋯."

스게노 군이 쭈뼛거리며 말했어.

"저어, 고등학교 교장을 하는 아버지한테 츠카 씨가 한
국에 가는데 뭘 조심하면 되느냐고 물었더니 '바보' 라는
말만은 절대 사용하면 안 된다고 했어요."

"그건 또 왜? 배우들한테 소리칠 때 나한테 '바보' 라는
말을 빼라고 하면 어떻게 연출을 하라고."

"안 돼요. 절대 안 됩니다."

"그게 무슨 말이야? 설명해봐."

"전쟁 때 일본군이 아기의 이름을 지어달라는 한국인

들의 부탁을 받고 '바카'*니 '쿠소타래'**니 하는 이름을 지어줬대요."

"뭐라고?"

"죄, 죄송합니다."

그때 아빠의 머릿속에서 뭔가 툭 끊어지는 소리가 들렸다.

"그래서 어떻게 됐는데!"

"상대는 멋진 이름이라고 생각하고 '김 바카'라든가 '박 쿠소타래' 하고 불렀는데, 점점 일본어를 알게 되면서 그게 무슨 뜻인지 알게 되고……."

"자네 아버지는 어떻게 그런 걸 알아?"

"그게, 실은 아버지도 그런 짓을 했답니다……."

"그런 분이 지금 교장 선생님을 하고 있다는 거야?"

"네."

"참 대단하시군."

"하지만 츠카 씨 연극을 좋아하세요."

"그런 사람이 좋아한다고 하는 거 전혀 반갑지 않아!"

---

* バカ, 바보라는 뜻의 일본어.
** クソタレ, 똥싸개라는 뜻의 일본어.

"죄, 죄송합니다."

"서울 일이 좀 안정되면 자네 아버지를 한국으로 불러 뒷수습을 하도록 해야겠군."

"아버지도 가능하면 츠카 씨가 서울에 있을 때 한번 인사하러 오고 싶다고 했어요."

"그래야겠지. 아무리 전쟁 중이었다고는 하지만 개나 고양이가 전쟁을 한 것도 아니고 말이야. 해서 될 일이 있고 안 될 일이 있지."

"하지만 츠카 씨가 만일 한국이 전쟁에서 이겼다면 한국도 비슷한 짓을 했을 거라고 했었잖아요."

"그건 이런 사실을 몰랐을 때 얘기지! 이거 딸을 일본인으로 한 게 잘못한 일인지도 모르겠는걸."

그랬더니 스게노 군이 눈을 부릅뜨고 말했지.

"츠카 씨! 그렇게까지 말할 건 없잖아요. 틀림없이 전쟁 때 일본인은 나쁜 짓을 했어요. 그건 부정하지 않겠습니다. 정말 미안하게 됐다고 생각해요. 그러나 일본인도 반성하고 '죄송합니다' '면목 없습니다' 하고 몇 번이나 사과하고 있지 않습니까. 그런데 자꾸 '차별받았다' 하면서 물고 늘어지면 태도를 바꿀 겁니다."

"뭐, 지금 뭐라고 했어! 날 협박이라도 하는 거야?"

"아뇨 그게, 도통 알아들을 수 없는 말을 하니까 그렇죠. 우리도 할 때는 한다고 말하는 겁니다."

"할 때는 한다니, 그건 또 무슨 소리야?"

스게노 군이 후, 하고 담배연기를 길게 내뿜으며 화난 얼굴로 말했지.

"할 때는 한다고요!"

아빠도 벌떡 일어서며 맞섰지.

"아, 그래? 어디 해보자 이거지. 그렇지만 이번엔 상대가 나란 걸 똑똑히 기억해둬. 어디, 갈 데까지 가보자고!"

"그야, 당신하고 마작을 한 번만 하면 알고도 남아요. 이길 때까지 절대 우리를 놔주지 않잖아요."

"그 태도는 뭐야? 스게노."

"무슨 태도요?"

"자네 와이프가 보따리 싸서 친정으로 갔을 때 누가 센다이까지 데리러 갔다 왔지?"

"또 그 얘기입니까?"

"그때 여비가 얼마나 들었는지 알기나 해? 게다가 자네 아들은 기차에서 웬 도시락을 그렇게 많이 먹어대는 거야!"

"아, 고맙습니다. 이제 됐어요? 정말이지 생색은……."

"생색내기 좋아하는 건 한국 사람 특기야. 왜? 불만 있어?"

"그래서 돈을 돌려달라는 겁니까? 그럼 돌려드리죠."

"이봐, 바로 그 태도라고. 돈을 돌려주고 사과한다고 그걸로 끝이 아니야. 진심으로 반성하고 있지 않잖아!"

"진심으로 반성하고 있다고요."

"자네의 '진심으로'라는 말에는 진심이 없어. 대체 뭐가 반성하고 있다는 거야? 반성하고 있지 않으니까 지금 한국과 일본이 이렇게 복잡해져버린 거 아냐!"

"그럼 어떻게 하라는 겁니까?"

"어, 이거 봐라. 태도를 바꿨다 이거지. 자네의 그 태도가 영락없는 일본인이야. 지금 우리 조국에 대한 일본의 태도, 바로 그거라고!"

"뭐가 '우리 조국'입니까? 어울리지도 않게. 우리가 당신을 알고 지낸 지 15년이 됐지만 그동안 '우리 조국'이라고 말하는 건 한 번도 못 봤어요."

"얼굴로 웃고 마음속으로 울었던 거야."

"무슨 말입니까? 당신이란 사람은 얼굴이 웃으면 마음으로도 웃는 사람입니다."

"아무튼 앞으로 일본인은 전쟁 책임자란 걸 꼼꼼하게 규탄해주겠어."

"그런 걸 꼴불견이라고 말하는 당신을 좋아합니다, 우리는."

"시끄러워!"

비행기에서 내릴 때쯤 아빠는 이미 애국심으로 똘똘 뭉친 한국인이 되어 있었단다.

너는 아빠를 자랑스럽게 생각해 줄까

그런데 비행기에서 내려 세관으로 나왔을 때 아빠는 깜짝 놀라고 말았다.

엄한 눈빛에 국방색 군복을 입은 헌병들이 자동소총을 어깨에 메고 어슬렁거리고 있는 거야.

"정말이잖아, 준전시 체제라는 게."

아빠도 오싹했다.

세관에서 한국에 왜 왔느냐고 물어서 하와이에 갔을 때를 떠올리며 "저, 그게…… 사이트싱sightseeing"이라고 영어로 대답하자 "당신은 한국인이 왜 조국 말을 못해?" 하며 여권을 거칠게 내려치는 거야.

아빠는 생각지도 않은 상황 전개에 놀라 뒤쪽에 서 있던 TV 제작사 팀에게 도움을 요청했지. 그런데 그들도 일본에서 아빠를 취재할 때의 그 다정하던 눈빛은 간데 없이 마귀 같은 얼굴을 하고는 아빠한테 마이크를 들이미는 거야.

"당신 부모는 왜 당신한테 조국 말을 가르치지 않았나요?"

카메라가 클로즈업으로 아빠를 잡았다.

"이봐요, 이제 와서 그런 걸 왜 묻지요? 어제까지는 나를 조국의 자랑이네 뭐네 하며 추켜세우더니."

"여긴 도쿄가 아니라 서울이라고요."

마이크를 쑥 내미는 TV 방송국 팀원들의 눈이 완전히 튀어나와 있더구나.

"당신은 모국어를 못하는 게 창피하지 않나요?"

"그야 뭐, 창피하다고 하면 창피할 수 있지요."

"그렇다면 왜 배우려고 하지 않았지요?"

"그건 우리 부모가 가난해서 먹고 사는 것만으로도 코가 석자라 자식한테 말을 가르칠 여유가 없었기 때문이요. 그건 그렇고, 이런 한심한 얘기를 왜 하필 이런 곳에서 하게 하는 거요!"

"그러니까 당신들 재일 한국인은 안 된다는 거예요."

"뭐가 안 된다는 거요? 우리가 어떤 마음으로 일본에서 살고 있는지 알기나 해요!"

"아무리 가난해도 말 정도는 가르칠 마음만 있으면 가르칠 수 있었겠죠."

"그건 내가 게을렀던 것뿐이요. 부모님 욕은 하지 마시오! 그들은 일본에서도 충분히 비참한 꼴을 당하며 살았으니까, 알겠소?"

아빠는 가슴이 분노로 가득 차올라 목소리가 떨리고 있었다.

미나코야, 아빠한테는 여동생이 한 명 있다. 어릴 때 아빠가 절대 약한 소리를 하지 않았던 건 남자인 아빠보다 여자인 동생이 학교나 친구들 사이에서 더 괴롭힘을 당할 거라고 생각했기 때문이야.

아빠는 동생이 초등학교 건물 뒤편 그늘에 숨어 혼자 울고 있는 모습을 여러 번 보았단다. 그래도 동생은 저녁 식사 때는 밝은 얼굴로 익살을 부리며 학교생활의 즐거운 이야기를 하곤 했지.

그 동생도 한국에 올 때면 반쪽발이라고 매도당해 가며 세관을 통과했을 거라고 생각하니 견딜 수가 없었다.

아빠는 눈물이 가득 고인 눈으로 말했지.

"그래, 이게 먼 길을 마다않고 찾아온 동포를 맞이하는 태도요? 태어난 곳이 우연히 일본이었을 뿐인 우리들한 테 무슨 죄가 있다는 거요? 당신들 왜 재일 한국인만 보면 못 잡아먹어서 난리요? 좋아, 내 똑똑히 기억해두겠어. 이게 꿈속에서도 보았던 조국이란 거야!"

"츠카, 당신 일본에서 좀 잘 나간다고 너무 뻐기는 것 아니에요?"

"시끄러워요! 일본에서 뻐기고 한국에 와서 뻐기지 않으면 일본인들한테 미안하지 않겠어? 그래, 맞아. 우린 반쪽발이다. 그래서 뭐! 아, 비켜요. 관광이야, 관광. 불만 있어요? 멍청한 사람들, 체류기간 따위 내가 알게 뭐야. 난 연극을 만들어달라고 해서 온 것뿐이라고. 아, 얼른 안 비켜요!"

먼저 밖으로 나와 새파랗게 질린 얼굴로 상황을 지켜보던 스게노 군이 아빠 소매를 잡아끌며 말했지.

"저기, 우리 그냥 돌아가요. 지금 당장 일본항공 타고 돌아가자고요."

"이제 와서 어떻게 돌아가. 배우들도 기다리고 있고 티

켓도 팔기 시작했는데. 어서 택시나 잡아."

"저기 TV 제작사 차가 기다리고 있는데요."

"그 자식들 차를 왜 타! 근데 이게 멀리서 찾아온 손님
을 맞이하는 태도란 말이야. 젠장, 이제 겨우 애국심이 싹
트려고 했는데……."

아빠는 끓어오르는 분노로 창자가 뒤틀리는 기분이었
다.

"어이, 내일 배우들도 저런 태도로 연습실에 오거나 하
면 절대 용서 없어!"

"그러니까 제가 말했잖아요. 츠카 씨는 그냥 일본에서 연극을 하면 된다고."

"시끄러워! 염병할. 모처럼 부모한테 효도 좀 하려니까 이 꼴이라니. 어이, 빨리 택시 잡아오지 않고 뭐해."

공항 밖에서 기다리던 녹색 택시를 탄 아빠는 재일 한국인이 귀국하면 세관에서 한방 먹는다는 소문을 들었는데 정말이구나, 하고 절절히 느꼈다.

"하지만 우리도 참 난처한 존재들이군. 일본에서는 한국인이라고 차별당하고, 한국에 오면 재일 한국인이라고 괴롭힘당하고, 우리는 대체 어디로 가면 좋은 거야?"

"………."

"그런데 스게노, 한국 사람들은 왜 재일 한국인을 괴롭히는 거지?"

"그게…… 2차 세계대전 후에 한국전쟁이란 게 있었잖아요. 그때 재일 한국인들은 일본에서 태평스럽게 살고 있었다는 원한이 있는 모양이에요."

"하지만 우리 부모님은 태평하게 살지 않았어. 예를 들어 내가 젓가락 잡는 게 어색하잖아. 우리 부모님은 아침부터 밤까지 일하느라 자식들을 제대로 보살필 수도 없었다고."

"그리고 조국을 버린 자들이라는 인식도 있지 않겠어요?"

"뭐? 누가 조국을 버렸다는 거야. 강제 징용당한 거잖아?"

"하지만 츠카 씨, 요전엔 먹을 게 없어 지원해서 일본에 온 경우도 있다고 했잖아요."

"그런 사람 없어. 한 명도 없어. 전원 강제 징용으로 노예선 같은 배에 실려 끌려간 거야. 음식도 못 먹고, 손은 쇠사슬로 묶이고, 다리에는 커다란 쇠공이 달려서…… 좋았어, 이거 이미지가 막 떠오르는데!"

"자, 잠깐 진정하세요."

"그건 그렇고, 인간이란 참 슬픈 존재로군. 누군가를 차별하지 않으면 살아갈 수 없는 존재인가봐."

"차별이란 밥반찬 같은 걸까요?"

"하하하, 자네도 재미있는 말을 하네. 그래, 밥반찬 맞다! 식욕, 성욕, 쇼핑 욕구에 차별 욕구야……."

그렇게 농담을 해도 아빠는 전혀 마음이 풀리지 않았다. 뭔가 견딜 수 없는 기분이었다.

"하지만 좋은 연극을 만들면 알아줄 거예요."

"그래, 그것밖에 없겠지."

"힘내세요."

"그런데 귀화한 사람들은 여권에 '귀화'라는 도장을 찍을까? 아니면 새 여권을 줄까?"

"도장을 찍거나 하진 않아요."

"그렇군. 하지만 귀화한 사람들도 나름대로 절박한 이유가 있었을 테니 비난해선 안 돼."

"그야 그렇죠."

"아, 즐겁게 가자고. 이런 어두운 분위기는 성질에 안 맞아. 하하하!"

"네, 그러죠."

"자네 아들 몇 살이지?"

"여섯 살인데…… 왜요?"

"머리는 어때?"

"예?"

"잘 안 되면 자네 집 바보한테라도 우리 딸을 보내야 하잖아."

"예?"

"나중에 커서 미국으로 유학가고 싶다는 둥 하면서 어디서 근본도 모르는 녀석을 데려오기라도 하면 난 못 참아. 아, 골치 아픈 얘기야. 그때는 자네도 내 편이 돼서 반대해줄 거지?"

"츠카 씨, 지금 말이 안 되는 거 알아요?"

"내 딸의 경우가 되면 얘기가 달라지지."

네가 태어났을 때, 아빠가 출판사에 가서 츠카 코우헤이라는 필명을 바꾸고 싶다고 해서 다들 어이없어했던 적이 있었다. 아빠는 그 필명이 너무 더러워져서 바꾸고 싶었던 거야. 지금도 그 생각에는 변함이 없어. 아빠는 너를 위해 어디까지나 깨끗한 사람이고 싶다.

엄마한테도 그런 말을 했더니 이렇게 말하더구나.

"그게 무슨 말이에요? 이 아이는 당신을 자랑스러워할 거예요."

아빠는 가끔 자신이 싫어질 때가 있다. 그러나 설령 세상 사람들 모두가 아빠를 경멸한다고 해도 너만은 아빠를 자랑스럽게 생각해준다면 아빠가 견디지 못할 일은 없을 거라 생각한다.

도심을 가로지르며 목격한 조국의 민낯

택시는 한국의 도심을 달렸다. 한국 택시는 굉장히 빨랐다. 서울올림픽 때문인지 거리 곳곳에서 공사가 한창이었지.

"왠지 일본의 도쿄올림픽 전처럼 거리에 활기가 넘치네요."

시속 100킬로미터 정도의 속도로 질주해온 버스가 빨간 신호등을 무시한 채 택시를 앞질러 정류장으로 돌진했다.

"어이, 저 버스 어떻게 된 거야?"

"한국에서는 버스가 능률제로 되어 있어요."

"그게 무슨 소리야?"

"태운 손님 수에 비례해서 운전기사 몫이 들어오는 시

스템이죠. 그러니까 손님이 많아 보이는 곳으로 돌진해 가는 겁니다."

"버스를 타는 것도 목숨을 걸어야겠군."

"하지만 의욕이 넘치는 도시 아닙니까. 이거 일본도 넋 놓고 있을 수는 없겠는걸요. 이 시간까지 은행이 열려 있는 거 보세요."

시계를 보니 이미 오후 다섯 시인데도 은행이 열려 있었다.

"일본은 세 시까지잖아요. 그런데 한국은 다섯 시 반까지입니다. 다시 말해 그만큼 경제가 움직이고 있다는 거죠."

확실히 사람들의 얼굴에 활기가 넘쳤고 목소리도 일본인에 비해 세 배 정도 컸다.

"그런데 이렇게 활력이 넘치는 국민들이 왜 전쟁에 진 거지?"

"뭐, 그중 한 가지는 충성도의 차이 아니겠어요?"

"그건 또 무슨 소리야?"

"일본 민족은 천황을 정점으로 해서 단결하기가 쉬웠잖아요. 하지만 한국의 경우엔 츠카 씨가 잘하는 말처럼 여러 나라들로부터 침략을 받는 바람에 정권이 자주 바뀌어왔잖아요. 그래서 한 정권에 대한 충성심이란 게 자라기 어려웠던 거 아닐까요? 아마 그 영향일 테죠. 서민들은 아직도 은행이란 걸 별로 믿지 못해서 '계' 같은 걸 한다는군요. 그리고 예절이 너무 엄격한 것도 문제가 되지 않았을까요? 이건 무슨 장군이란 사람의 얘긴데, 전쟁 중에 부모님이 돌아가셨다고 쳐요. 일본에서는 부모님이 돌아가셔도 계속 싸우는 게 미덕이지만, 한국에서는 무슨 일이 있어도 고향으로 돌아가 장례를 모시고 일 년 정도 상복을 입어야 하거든요."

"그러다간 전쟁에 지지."

"즉, 국가보다 효도가 중요한 나라라는 얘기 아니겠어요?"

"음…… 틀림없이 우리 어머니도 효도를 요구하는 듯한 언행을 가끔 하시긴 해."

"그것도 한국인의 매력 아니겠어요."

"무슨 바보 같은 소리야. 그냥 응석을 부리는 것뿐이라고."

"한 가지 물어보고 싶은 게 있는데요, 츠카 씨는 부모님이나 연장자 앞에서 담배를 피우지 않았나요?"

"거침없이 피웠는데."

"혼나지 않았어요?"

"저 녀석은 말해도 소용없어, 하고 포기하게 만들었지."

"음, 그것도 방법이네요."

"그렇지, 난 차남이잖아. 장남을 치켜세우려면 차남이 망나니가 돼야 한다고 생각하다보니 그렇게 돼버리더라고. 하하하!"

길은 포장 상태가 좋지 않아 차창을 열자 모래먼지가 들어와 숨이 막힐 것 같았다.

"아무튼 빨리 어머니한테 가서 맥주라도 한잔 하자고. 한국 맥주는 공기가 건조해서 맛있다는군. 기사한테는 행선지 제대로 알려줬지?"

"그럼요, 주소 쓴 종이를 보여줬어요."

"그런데 거리의 가게들을 보니 여자들은 바쁘게 일하는데 가게 의자에 배를 쭉 내밀고 멍하니 앉아 있는 남자들도 많네."

"한국에는 양반제도라는 게 있었잖아요. 여자가 일해

서 남편을 공부시키거나 부양하거나 하는 일이 수치가
아닌 모양이에요."

"저 사람들 공부 같은 거 안 할 거야. 내 눈에는 그냥
게으름뱅이로밖에 안 보이는걸."

"또 그런 식으로 말한다."

"잘 들어. 나는 그림이 되고 있다고 말하는 거야. 저 멍
하니 앉아 있는 모습에 한국의 본질을 이해하는 열쇠가
있다는 거야."

"이상한 얘기 하지 마세요. 만일 이 운전기사가 일본어
를 알아듣기라도 하면 어떻게 하려고 그래요."

"중국인도 아니고. 한국인이 일본어를 안다면 벌써 나
불나불 떠들어댔겠지."

"그렇지가 않다니까요. 보국어를 빼앗기고 강세로 일
본어를 배웠다고요. 누가 일본어를 쓰고 싶겠어요."

"자네는 아직 인간의 본질이라는 걸 모르는군."

"그게 무슨 말입니까?"

"나는 이번 한국 공연을 '고향에 대한 그리움을 누를
길 없어 조국으로 돌아간 어머니를 위해 한다'고 아사히
신문 같은 데 말했어."

"예, 우리 어머니도 효심이 깊은 사람이라고 감동하셨어요."

"실은 그게 그렇지가 않아. '고향에 대한 그리움을 누를 길 없어'라는 건 거짓말이야."

"거짓말이라고요?"

"쳇! 인간이 고향에 대한 그리움 따위로 자식들을 남겨두고 고국으로 돌아갈 수 있다고 생각해?"

"예?"

"실은 형수하고 사이가 나빠진 거야. 흔히 있는 '고부 갈등'이지."

"아, 예……."

"나의 인간성으로 볼 때 그런 이유라면 더 이상 반대할 수 없지 않겠어?"

"대단한 성격이시니까요."

"하지만 나도 고부 갈등 때문에 고향으로 돌아간 어머니를 위해 한국에서 연극을 한다는 말은 차마 못하겠더라고…… 괴로웠지."

"예?"

"그리고 또 우리 입장에서 보면, 멋대로 일본으로 와놓고 이제 와서 고향에 대한 그리움 정도로 조국으로 돌아 가버린다는 건 말이 안 되지. 그럼 우리 자식들은 어쩌라 고?"

그때 요란한 사이렌 소리가 들리더니 사람들이 서둘러 건물 뒤편으로 도망쳐 들어갔다. 차들은 갓길로 올라가 고, 거리에는 사람 그림자 하나 없이 조용해지고, 마치 유 령도시가 된 것 같은 분위기였다.

10분, 20분, 대강 30분 가까이 으스스한 침묵이 계속 되었다.

아빠는 너무 놀라 말도 안 나왔다.

"이봐, 스게노. 전쟁이라도 터진 걸까?"

이 상황에서는 대단한 스게노 군도 눈만 껌벅거리고 있었지.

"어이, 빨리 가이드북 좀 펴봐."

"아, 예."

스게노 군이 허둥지둥 책장을 넘기더니 겨우 말하더 라.

"매월 15일은 전국적인 민방위 훈련이 있는 날이라는 데요."

"왜 이런 훈련을 하는 건데?"

"언제 북한과 전쟁이 터져도 잘 대처할 수 있도록 하는 훈련이랍니다."

"아무래도 이거 우리가 황당한 곳에 와버린 것 같군."

"그런 거 같네요."

스게노 군도 몹시 난감한 표정이었지. 눈가에 거뭇한 그늘마저 생길 정도였다.

그때 택시기사가 험악한 얼굴로 차를 세우고 문을 열더니 뭐라고 소리쳤다.

"뭐라는 거야?"

"내리라는 거 같은데요."

"왜?"

"우리 무슨 이상한 말 했나요?"

"우린 손님이야. 무슨 말을 하든 우리 마음이지."

"츠카 씨는 손님이 아니라 재일 한국인이라니까요."

"뭐야, 우린 택시 손님도 될 수 없다는 거야. 재일 한국인은 일본에서도 제대로 취직도 못한다고. 그런데 모국에 오니까 택시손님조차 될 수 없다고? 이거 열 제대로 받는데!"

"기, 기다리세요. 아무튼 제가 이유를 물어볼게요."

스게노 군이 한 손에 사전을 들고 열심히 서툰 한국어로 물어보았다.

"무슨 일이래?"

"아무래도 점심시간인가 봐요."

"뭐야? 이 나라는 안 되겠군."

우리는 큰 가방을 껴안고 택시에서 내려 지하철을 찾아 터덜터덜 걷기 시작했다.

"근데 한국 여자들은 하나같이 발목이 날씬하고 살결도 희고 섬세해 보이는 게 정말 예쁜데?"

"마늘 같은 매운 걸 먹어서 그렇대요."

"음……."

"매운 음식이 복부 지방을 태워준대요. 보세요. 거리에 오가는 사람 중에 배 나오고 뚱뚱한 사람이 별로 없잖아요."

"정말 그렇네."

"하지만 사귀려고 하면 목숨을 걸어야 할 거예요. 한국 여자는 기가 세고 정이 깊거든요."

"자네 가정에는 사랑이 없으니까 그런 소리를 하겠지.

우린 아무 문제없으니까 그런 걱정은 안 해도 돼."

"한국에는 세계적으로도 드문 간통죄라는 법이 있어요. 결혼한 사람이면 남자든 여자든 바람피우다 들켰다간 고소당해 감옥에 끌려가는 법이에요."

아빠가 한국에 두 달 정도 있는 동안 느꼈는데, 이런 전근대적인 법을 폐지하려고 해도 아무래도 남자 쪽에서 반대를 하는 것 같더라. 요컨대 법으로 단속하지 않으면 안 될 정도로 한국 여성의 애정이 깊다는 거겠지.

사랑이 없다는 말에 불끈한 스게노 군이 말했지.

"하지만 그 나라 말을 배우는 가장 좋은 방법은 그 나라 여자와 사랑하는 거라고 하잖아요."

"이제 그런 얘긴 그만해. 서른여덟이나 되서 겨우 손에 넣은 지금의 행복을 잃고 싶진 않다고."

"우리한테는 남자가 가정에 얽매이면 절대 안 된다면서요?"

"그야 자네 집은 아들이니까 그렇지. 우린 딸이잖아. 아무튼 무슨 일이 있어도 잡지의 가십거리가 되는 일은 없도록 해야지."

"우리 모두 동의한 얘긴데, 이제 와서 츠카 씨가 얌전

해지는 건 재미없는데요."

"자네들 즐거우라고 내가 한국인 노릇을 해온 건 아니야."

서울의 지하철은 아주 근대적이고 깨끗했다.

그런데 곳곳에 '간첩을 신고하면 50만 원, 체포하면 100만 원'이라고 쓴 포스터가 붙어 있었다.

"이런 포스터를 보니까 한국도 참 힘들겠다는 생각이 드는군."

"그러네요."

"기념사진 한 장 찍어둘까?"

"그러죠."

스게노 군이 플래시가 달린 소형 카메라를 가방에서 꺼내 셔터를 누른 순간 '삐!' 하는 호각소리가 들리더니 완장을 찬 헌병처럼 덩치 큰 남자가 쏜살같이 달려왔다.

"뭐, 뭐야?"

급기야 스게노 군은 몸수색을 당하고 수갑이라도 채워질 것 같은 분위기였지.

아빠가 급히 가이드북을 펼쳐 읽어보니 '지하철은 전쟁이 터졌을 때 방공호 역할을 하므로 사진 촬영은 금지'

라고 써 있더구나.

내일은 꼭 좋은 일이 있을 거야

손이 발이 되도록 빌고 또 빌어서 간신히 용서를 받고 할머니 집에 도착한 시간은 저녁 7시쯤이었어.

우리 두 사람의 얼굴은 모래먼지로 새까매지고 눈도 푹 꺼져 있었지.

집 밖에 서서 기다리고 계시던 할머니가 걱정스런 얼굴로 물었다.

"와 이리 늦었노?"

"이런 저런 일이 좀 있어서……."

"취재활동 했나?"

"예?"

"역시 니 정도 작가라면, 차 한 잔 마실 시간도 없이 취재활동을 하는 기가?"

아빠는 현관 앞 계단에 주저앉았다. 길을 묻고 다시 택시를 잡아타고…… 게다가 어감이 강한 한국말 때문에 귀가 윙윙 울렸지.

"애야, 당뇨 약은 가져왔나?"

"가져오긴 했는데, 한국 의사한테 약 처방받으면 되잖아."

"한국 약 같은 거 믿을 수 없다고 안 그러더냐."

"왜? 엄마는 한국 사람이잖아?"

"한국 약은 디자인이 맘에 안 든다. 센스가 없다."

"그건 그렇고…… 어때, 한국에서 혼자 사니까 불편한 건 없어?"

"없다, 없다카이. 음식도 몸에 맞고. 일본에 있으면 손자놈들하고 스파게티 아니면 비엔나소시지볶음이나 먹어야 한다 아이가. 그 생각하면 마, 여긴 천국이다 아이가."

"친구는 생겼어?"

"생겼다. 매일 아침 배드민턴 치자꼬 하는 친구가 있어서 운동을 해서 그런지 마, 몸도 좋다."

"그러지 말고 일본에서 우리랑 함께 살자."

"싫다, 내사 혼자가 편하고 좋다."

"그러다 몸져눕기라도 하면 어쩌려고?"

"그땐 그때고."

"무슨 소리야. 그땐 그때라니. 나 혼자서 말도 안 통하는데 장례식 같은 건 어떻게 하라고?"

"그런 불길한 소린 와 하노?"

"엄마, 미나코도 태어났는데 그런 억지소리 좀 하지마."

"야가 뭐라카노 진짜로. 늙은이는 손자들이나 돌보다 죽으라는 기가!"

할머니는 정말 건강하신 것 같았다.

"어서 안으로 들어가자. 방송국 사람들이 먼저 도착해서 기다리고 있다. 공항에서 우짜다 헤어셨냐고 그카더라."

"뭐?"

아빠는 정말 화가 났다.

"내도 이런 저런 인터뷰에 대답은 했지만, 니한테 이혼 경력 있다는 거는 말 안 했다. 그거도 니가 나빴다고 했었다 아이가. 예술가 마누라면 어지간한 거는 각오해야지.

그래도 이번 며느리는 사람이 됐더라."

"그런 식으로 말하지 말라니까."

"와? 지금 방송국 사람들한테도 그랬는데. 작가는 인간을 쓰는 게 일이라고 안 하나. 쪼매 여자도 울려봐야 좋은 것도 쓰지. 지금 집사람한테도 그런 건 단디 해둬야 한다. 그래야 널 안 얕잡아본다. 알았나?"

"엄마, 한국에 오더니 수다쟁이가 된 거 아냐. 목소리가 너무 커."

"여기서는 목소리가 안 크면 못 산다 아이가."

"아, 그래."

"근데 지난번 마누라는 니가 한국 사람이라서 헤어진 기가?"

"아니. 그런 여자 아니야."

"또 감싸는 거 봐라. 다정한 사낸기라. 그래도 낸 그때 얼매나 속이 상하던지 한 달 정도는 잠도 못 잤다. 한국 사람이 뭘 잘못했다는 기고? 그때 다케다 씨라고 일본 친구가 '아주머니, 일본인도 나쁜 인간은 있어요' 라고 말해주더라. 다케다 씨는 좋은 사람이구마. 그 사람 딸이 여배우가 되고 싶다고 하던데, 우째 좀 안되겠나?"

"엄마, 우린 지금 피곤해서 쓰러질 것 같거든. 우선 좀 들어가서 차라도 한 잔 마시게 해줘. 다케다 씬가 하는 사람 딸 얘기는 그 다음에 천천히 들을게."

"니 여동생 가즈코 네는 지난달에 귀화했다 카더라. 너는 언제 할끼고?"

"무슨 말을 하는 거야. 난 못하지!"

"그래도 니가 일본에서 살면서 한국 국적 가지고 있으면 좋을 게 한 개도 없다 안 그러나. 선거권도 없고. 세금도 그렇게 많이 내면서…… 나쁜 말은 안 한다. 귀화해라."

아빠는 정말 힘들어서 쓰러질 것 같았다.

"아무튼 안으로 좀 들어가자고. 우린 정말 피곤해."

안으로 들어가자 방송국 사람들이 술판을 벌이고 있었다.

아빠가 "당신들 뭐요!" 하고 소리치자 그들은 적당히 술기운이 올라 불콰해진 얼굴로 사과했다.

"아까는 미안했습니다. 그쪽이 좋은 그림이 나올 것 같아서요. 자, 한잔 하시죠."

그 세관 남자도 떡하니 앉아 있었다.

그때 부엌에서 한 손에 맥주잔을 들고 다른 한 손으로는 냉장고에서 김치를 꺼내며 "어머니, 김치가 잘 익어서 아주 맛있는데요" 하고 무슨 백년지기처럼 굴던 사람은 우리가 길을 물었을 때 안내해준 이름도 모르는 아저씨였다.

"어이, 스게노!"

"네."

"그 마지막 장면, 아름다운 조국을 발견하고 일본으로 데리고 돌아가려고 했는데…… 아무래도 다시 생각해보는 게 좋겠는걸."

그 희한한 분위기가 처음에는 당황스러웠지만, 한국 사람은 과연 붙임성 하나는 있는 사람들이다.

인간은 누구나 강점과 약점을 갖고 있다. 그때그때 강함을 선택하기도 하고 약함을 선택하기도 하지. 아빠는 약함을 선택한 사람들에게 조금이라도 용기를 줄 수 있는 일을 하며 살고 싶구나. 그들이 '내일은 꼭 좋은 일이 있을 거야'라고 생각해주었으면 좋겠다.

한국말을 배우지 않은 이유

이웃 사람들까지 한자리에 모여 부어라 마셔라, 노래에 춤까지 추면서 한바탕 소란이 끝난 건 동쪽 하늘이 희뿌옇게 밝아오기 시작할 때였다.

"그런데 스게노, 한국 사람들 목청이 아주 센데? 마이크도 없이 노래를 부르잖아. 이래서는 가라오케가 유행하지 않겠는걸."

"맞아요. 천성이 축제를 좋아하는 사람들이라는 느낌인데요."

"바로 그거야. 내가 걱정하는 게."

"그게 뭔데요?"

"잘 들어. 자기가 직접 노래하고 춤추는 걸 좋아하잖아. 그런데 돈까지 내면서 남이 노래하고 춤추는 연극 따위를 보러 오겠어?"

"그거하고 이건 얘기가 다르죠."

"다르지 않아."

"그런 식의 발상을 보니 츠카 씨는 역시 일본인이 아니군요."

"그렇군. 난 대체 어느 나라 사람일까?"

거실 구석의 소파에서 할머니는 네 사진을 가슴에 안고 아침햇살 속에서 행복한 숨소리를 내며 잠들어 있었다.

겨우 설거지를 끝낸 스게노 군이 타월로 손을 닦으며 말했다.

"하지만 다들 유쾌하고 좋은 사람들이에요. 친척 분들이나 방송국 사람들이나 술 한잔 들어가면 '우린 모두 소꿉친굽니다' 하는 분위기잖아요."

"하지만 난 솔직히 좀 귀찮았어."

"그래요? 전 즐거웠는데."

"그건 그렇고, 자네가 그렇게 신나게 놀다니 뜻밖인걸."

"우리 외가가 교토인데, 저는 거기서 중학교 때까지 컸어요. 근데 그 지방 풍습에는 끝내 익숙해지지 못했지요."

"그건 또 왜?"

"제일 처음 당황한 건 교토 사람들은 좀처럼 속내를 보이지 않는다는 점이에요. 예를 들어 '찬은 없지만 식사라도 하고 가세요'라고 해서 진짜로 밥을 먹고 갔는데, 그후에 예의도 모르는 녀석이라고 동네 사람들한테 몇 번이나 웃음거리가 됐는지 몰라요."

"교토에서는 식사라도 하고 가라는 말이 돌아가라는 뜻인가?"

"맞아요. 정말 먹고 가라는 표정으로 말했거든요. 그에 비해 속내를 그대로 드러내는 한국 사람들 모습이 한편으론 좋아졌어요."

"뭐, 그렇게 말해주니 고맙긴 한대. 하지만 사촌이네 육촌이네 하는데, 한국은 어디부터 어디까지가 친척인지 모르겠어."

"그만큼 혈육을 중시한다는 거겠죠."

"아무튼 이런 주거니 받거니를 매일 하다간 일을 못하겠어."

주거니 받거니란 술잔을 돌리는 거야. 술잔을 받으면 반드시 다 마시고 술잔을 돌려줘야 한단다. 술잔을 건넨다는 건 '너를 믿는다, 지금부터 우린 친구다'라는 일종의 의사표시라서 거절할 수가 없는 형편이고.

"근데 츠카 씨도 대단하던데요. 그렇게 알아주는 골초면서 담배를 한 대도 안 피웠잖아요."

"이번 연극이 끝나면 난 일본으로 돌아가지만 어머니는 여기 남잖아. 주위 사람들한테 그런 예의도 모르는 아들을 두어서 어떻게 하냐는 말이라도 들으면 불쌍하지 않겠어? 이상한 짓은 못하지."

"그렇군요."

"술은 마셔도 되는데 담배를 피우면 안 된다는 건 좀 이상한 얘기야. 윗사람이 술잔을 건네면 반드시 마셔야 하니까 하룻밤에 친척이 삼십 명 모인다면 한 사람 앞에 세 번씩만 주거니 받거니를 해도 구십 잔이라고."

"그런데, 다들 제일 먼저 하는 질문이 츠카 씨가 귀화를 했는가 하는 거였잖아요?"

"그래. 그리고 그 다음 질문도 괴롭힘을 당하지 않았는가, 차별받지 않았는가 하는 거였지."

"일본에서 괴롭힘당하는 걸 기대라도 하는 것 같았어요."

"다들 내 입에서 '나는 좀 더 재능이 있는데 일본에서 정당한 평가를 못 받고 있다'는 말을 듣고 싶었던 거야."

"같이 자신의 불행을 한탄하고 싶었던 거겠지요."

"맞아, 노래와 춤을 곁들여서 말이야."

"하하하. 참 밝은 것 같아요."

"그렇게 말해주면 기뻐할 거라는 건 알지만…… 난 그런 말은 못하지."

"내일도 그런 질문을 받지 않을까요?"

"받겠지. 하지만 무슨 일이 있어도 말 안 해."

"대단해요."

"응."

"하지만 내일부터 있을 매스컴 취재에서는 교묘한 유도성 질문들이 들어올 거예요."

"그 말을 하지 않는 한 용납하지 않겠다는 태도로 나올 테지."

"그렇겠죠."

"애당초 전에 왔던 작가나 문화인이라는 작자들이 그

런 말만 지껄여대며 비위를 맞췄던 거야. 일본은 잔인하다, 한국에 와보니 마음이 놓인다는 둥 하면서 말이지. 정말 바보 같은 작자들이야."

"그래놓고 일본으로 돌아가서는 한국은 뒤떨어져 있다는 둥 떠들어댔겠죠."

"맞아. 애초에 일본에서 쓸모없는 인간이 한국에서 쓸모 있는 인간이 될 리가 없지. 난 그런 자들과는 달라. 일본에서 쓸모 있는 놈이 한국에 왔다고."

"네. 맞아요."

"그런데 스게노. 나 말이야, 한국과 일본의 관계란 걸 어제 아저씨들 이야기를 들으면서 좀 알게 됐어."

"뭘 알게 됐는데요?"

"한국은 일본에 한자나 여러 가지 불교 문화를 전해줬음에도 불구하고 은혜를 잊고 쳐들어왔다. 그걸 용서할 수 없다고 말하고 있잖아. 아마도 이 '은혜를 잊고'라는 부분이 한국인들의 일본에 대한 증오심의 근원이 되고 있는 것 같아. 근데 잘 들어보면 한국은 중국한테 몇십 배 몇백 배의 침략을 받았는데도 중국 욕은 별로 안 하거든."

"왜 그럴까요?"

"여기에 인간의 업業이란 게 있어. 즉, 중국같이 뛰어난 문화를 가진 나라한테 침략당하는 건 괜찮다. 하지만 아시아 대륙 한쪽 구석에 있는 작은 섬나라한테 공격당하는 건 기분 나쁘다 이거지."

"아, 그렇군요."

"그런데 스게노, 난 한국에서는 못살 거야."

"왜죠?"

"일본의 '모호함' 속에서 삼십팔 년이나 살아왔으니까."

"모호함이요?"

"거 왜, 일본인은 '예스' '노'를 분명히 말하지 않는 것에 미의식이 있다고 생각하잖아."

"아, 예."

"그런데 한국에는 징병제가 있거든. 군대라는 곳은 '예스'와 '노' 둘 중 하나의 대답밖에 없는 집단이야. 그도 그럴 것이 예스인지 노인지 분명하게 의사표현을 하지 않으면 부대가 전멸당해버릴 테니까."

"예, 그렇군요."

"또 하나는 한글 문자 그 자체가 '예스' '노'를 분명하게 만드는 언어 구조를 갖고 있지 않나 싶어."

"과연, 근데 한 가지 묻고 싶은 게 있었는데…… 츠카 씨는 왜 한국어를 배우지 않았어요?"

그 말을 듣고 아빠가 왜 한국어를 배우려 하지 않았는지 생각해보았다.

아빠가 고등학교 때 바보 같은 사촌이 있었는데, 고등학교 입시에 실패해 갈 곳이 없어지자 한국으로 유학을 떠났지. 그리고 방학 때 돌아와서는 네 할아버지한테 한국말로 인사하는 거야.

"안녕하십니까?"

그럼 할아버지는 감격해서 한숨을 쉬며 이렇게 말씀하셨지.

"저 녀석 부모는 얼마나 좋을까. 그에 비해 너는 문학인지 뭔지 통 영문을 알 수 없는 얘기나 해대고 있으니……."

네 할아버지는 그 후로도 그 바보가 돌아올 때마다 하는 "안녕하십니까?"를 듣고 한탄했지.

"좋아, 의대는 내가 포기할 테니 너도 그 문학인지 뭔지는 포기해라. 이렇게 된 바에 너나 나나 조금씩 양보해서 법대에 가서 변호사가 돼라."

"법대에 간다고 바로 변호사가 되는 건 아니야."

"법대에 가는데 왜 바로 변호사가 못 돼? 넌 일본 아이들하고만 노니까 못된 물만 들어서 부모한테 거짓말할 궁리만 한다고. 더 이상 일본 아이들하고 어울리지 마!"

"무슨 못된 물이 들었다고 그래!"

"못된 물이 안 들었으면 돈도 안 되는 문학부에 간다는 말은 안 할 거 아냐."

그때부터 아빠는 결단코 한국말은 하지 않겠다고 결심한 것 같아.

하지만 부모한테 '못된 물이 들었다'는 말을 듣는 건 괴로운 일이야.

아빠도 너에게 그런 말을 하게 될 날이 올까?

아빠는 재일 한국인이라는 사실에
기대지 않고 살아왔다

거리로 나오니 공기가 건조한 한국의 하늘은 한없이 맑고 푸르더구나.

올려다보니 북악산 하얀 바위 표면을 배경으로 초봄의 따스한 햇볕을 받아 서둘러 분홍빛 꽃망울을 터뜨린 벚꽃의 아름다운 자태가 돋보였다.

네 할아버지 고향은 서울에서 남쪽으로 300킬로미터 정도 떨어진 경상북도 청송군이라는 곳이야. 그곳에 한 번 가봐야 했다.

할아버지는 쉰여덟에 돌아가셨다. 의사나 변호사가 되어달라는 기대를 저버린 아빠를 마지막까지 용서하지 않으셨지.

"그런데 어머니는 아버지 유골을 어떻게 하실 생각인지 몰라. 일본 절에 모셔두고 있거든."

"한국으로 모셔오지 않을까요?"

"어머니 말로는 점쟁이가 움직이면 안 된다고 했다는데."

"뭡니까, 점쟁이라니요?"

"한국은 샤먼 민족이야. 자네 몰랐어? 대학 축제 같은 데 가봐. 록밴드 대신 점쟁이가 위세를 떨치고 있다고."

"정말입니까?"

"그래, 정말이야. 이건 형한테 들은 얘긴데, 언젠가 지인한테 점을 한번 보고 싶다고 했더니 '아, 그럼 XX씨가 좋아. 그 사람은 개업한 지 얼마 안 돼서 손님을 끌려고 아주 열심히 봐주거든' 하더라는 거야. 그런 건 열심히 점친다고 맞출 수 있는 게 아닐 텐데 말이야."

"생활에 뿌리를 내린 걸까요?"

"아마 '점이란 맞을 수도 있고 안 맞을 수도 있다'는 등 태평한 소리를 하는 사람들은 일본인뿐일 거야. 아무튼 한국은 힘이 넘치잖아. 안 맞았다간 몽둥이찜질이라도 당할지 몰라, 하하하!"

"그런데 왜 전쟁에 졌을까요?"

"전쟁이 아니야. 느닷없이 일본이 쳐들어와서 식민지가 됐다니까."

"그럼 식민지가 되기 전에 싸웠으면 됐잖아요."

"어쨌든 이 나라는 학문의 나라니까 공부하느라 바빴던 거겠지."

연극 연습은 여의도에 있는 제작사의 지하 연습실에서 했다.

다시 스게노 군과 둘이 버스를 갈아타고 찾아갔다.

여의도에는 큰 광장이 하나 있는데 그건 고속도로가 그런 것처럼 전쟁이 티지면 제트기 활주로로 이용하기 위해 만들어진 거라고 한다.

거리 곳곳마다 카키색 천막을 씌운 군용 트럭들이 서 있고, 화염병을 던지는 학생들이 뛰어다니는 모습이 꼭 20년 전 일본으로 시간여행을 하는 것 같아 흥분과 긴장감이 높아졌다.

"마치 일본의 70년 안보* 때 같은 느낌이군."

거리란 참 강인하더구나. 100미터 전방에서 기동대와

데모대가 대치하고 있는데 맥도날드에서는 어린 여고생들이 패션을 화제로 이야기꽃을 피우고 있으니 말이다.

기동대의 공격을 받고 도망치는 데모대의 뒷모습을 보며 아빠는 좀 착잡한 기분이 들었다.

"츠카 씨, 왜 그러세요?"

"나도 한국에서는 선거권이 있을까?"

"없는 거 아닌가요?"

"우리 재일 한국인들은 어디를 가나 어정쩡한 존재들이군. 일본으로 돌아간다고 해도 선거권은 없고…… 뭐, 선거권을 준다고 해도 투표하러 갈 일은 없겠지만. 그래도 막상 없다고 하니 왠지 허전해지는걸."

옛날 아빠가 대학생 시절에 게이오 대학 히요시 교사校舍에서 연극 연습을 하고 있을 때의 일이다.

헬멧을 쓰고 손에 각목을 든 전학련** 학생들이 느닷없이 뛰어 들어와서 이렇게 소리치는 걸 듣고 정말 부끄

---

* 1959년에서 1960년, 1970년 2차에 걸쳐 미·일 안전보장조약에 반대해 노동자, 학생, 시민 등이 참여한 대규모 투쟁으로, 화염병이나 쇠파이프가 등장했다.
** 전 일본 학생자치회 총연합의 약칭으로, 1948년에 결성되어 일본 학생운동의 중심 세력이 됨.

러웠다.

"이렇게 중요한 때 한가하게 여자들 끼고 연극 연습이나 하고 있는 게 부끄럽지도 않나!"

그러나 몇 번이나 말하지만 우리는 세입자에 불과해. 집주인의 삶의 방식에 문제가 있다고 해도 불만을 토로할 수 있는 입장이 아니야. 싫으면 그 집에서 나가면 그뿐이니까. 하지만 막상 나가라고 하면 어디로 가는 게 좋을까?

아빠는 일본협정 영주라는 자격으로 일본에 살고 있다.《아사히신문》1990년 3월 8일자 기사의 발췌 내용을 이용해서 설명을 좀 해줄게.

1910년부터 1945년까지의 식민지 시절 동안 한국인은 일본 국적이었지만 일본이 전쟁에서 패하고 샌프란시스코 강화조약*이 발효된 1952년 이후 한국인은 외국인으로 간주되었다.

그리고 법률 제126호에서는 '특별히 제정하는 법률에 따라 체류 자격이나 체류 기간이 결정될 때까지는 계속

---

* 1951년 9월 샌프란시스코에서 연합국과 일본이 제2차 세계대전을 종결하기 위해 체결한 평화조약.

해서 일본에 거주할 수 있다'고 정했으므로 그 시시비비를 둘러싸고 한일회담에서 협의가 이루어졌지만, 결국 한일회의에 의한 '한일법적지위협정'에서는 자자손손 대대로의 영주는 결정되지 않았다.

그 결과 '2차 대전 전부터 계속 거주하고 있는 사람'과 '그 자녀로서 1966년 1월 17일부터 1971년 1월 16일 사이에 신청한 사람'은 각각 협정 1세대로 간주되고, '1971년 1월 17일 이후 협정 1세대의 자식으로 태어나 생후 60일 이내에 신청한 사람'은 협정 2세대가 되었지. 이 2세대에게만 영주 자격이 주어졌다.

"2세대에게만이라면, 그 2세대의 자식은 어떻게 되는 겁니까?"

"만약 미나코를 한국인으로 할 경우 영주권은 없다는 얘기야."

"즉, 일본으로 귀화할지 조국으로 돌아갈지 둘 중 하나를 선택하라는 건가요?"

"그런 셈이지."

"잔인하군요."

"하지만 한 국가의 정책으로선 옳다고 생각해. 왜냐하

면 영국이나 독일 같은 나라는 노동력 부족을 해결하기 위해 아랍이나 터키인들을 불러들였는데, 그 수가 점점 늘어나 그들이 권리니 뭐니 하며 떠들기 시작하는 바람에 지금 그 처리로 골머리를 앓고 있잖아."

"그래도 재일 한국인의 경우는 다르죠. 일본이 옛날에 그만큼 잔인한 짓을 했잖아요."

"난 지금까지 그런 데 기대어 살아오지 않았어."(현재 일본 정부는 협정 3세대의 영주권을 보장하겠다고 분명히 밝히고 있고, 흔히 말하는 '91년 문제' *로 머지않아 영주권은 확정되기로 되어 있다.)

---

* '91년 문제'란 재일교포 3세의 법적 지위 문제에 관련된 한·일 간의 정치적인 문제를 일컫는 말로, 1991년 출입국관리 및 난민협정법의 특례가 시행되어 제2차 세계대전 전부터 정주하는 옛 식민지의 국민과 그 자손은 특별영주권자가 되었다.

생활·문화적인 면에서
아빠는 일본인이다

연극 연습은 아빠의 연출을 통역이 전달하는 식으로 이루어졌다. 배우들은 모두 신사들로 한국에서도 최고의 배우들인만큼 이해하는 것도 빨라서 아주 편했다.

걱정했던 '살인'이라는 말은 역시 허락되지 않아서 제목은 〈뜨거운 바다〉로 바꿨지.

전 프로듀서는 정말 면목 없다는 듯 말했다.

"이것이 서울입니다. 부디 이해해주십시오. 일본과 달리 북한과 육지로 연결되어 있어서 무엇보다 공산화되는 것을 두려워합니다. 그러나 서울올림픽이 끝나고 나면 한국도 이런 일은 없어질 겁니다."

이때 아빠는 첫 번째로 '괜찮아요'라는 말을 사용했다.

엄마는 매일 네 소식을 알려주기 위해 아빠한테 전화

했는데, 그때마다 아빠는 너를 바꿔달라고 해서 수화기에 대고 '괜찮아요'를 가르쳤단다.

아빠는 할머니 집에 묵으며 연습실로 출퇴근했다.

할머니와 두 달 이상 함께 생활한 건 고등학교를 졸업하고 도쿄로 나온 이래 처음이었으니까 20년만의 일이었지.

과연 부모란 고맙기도 하고 귀찮기도 하지…… 아무튼 대단한 존재야.

"물 좀 줘"라고 하면 우리 직원은 그냥 물을 갖다 주고, 네 엄마는 얼음을 넣어서 가져다주는데, 할머니는 콜라에 얼음을 넣어 휘휘 저어서 가져다준다.

그럼 아빠는 이렇게 말하지.

"내가 마시고 싶은 건 물이야."

그러면 할머니는 알 수 없는 말을 한단다.

"물은 공짜지만 콜라는 50엔이나 한다."

그리고 할머니는 자신에 관한 이야기를 소설로 써달라고 했다. 그건 안 된다고 하면 마구 화를 내셨지.

"니는 얼라 때부터 그리 냉정한 데가 있었다 아이가. 내가 젊어서 일본으로 건너가 너희들 키우느라 얼마나 고생했는지 아나?"

"그 정도 고생은 누구나 하는 거라서 소설이 될 수 없다니까."

"그라모 어떤 사람이 소설이 되는 긴데?"

"뭐, 아버지 같은 사람?"

"그건 또 와? 그런 여자나 후리고 돌아다닌 양반은 소설이 되고, 착실하게 살아온 내는 왜 소설이 되면 안 되는 기가?"

할머니는 그러면서 눈물을 흘리셨다.

소설을 써달라고 한 사람은 할머니뿐이 아니야. 한국에 온 첫날, 길을 가르쳐준 버스 기사까지도 자기 이야기를 무턱대고 써달라고 했단다.

아무튼 이 나라 사람들은 논의를 좋아해서 열 명이 있으면 열다섯 가지 의견이 나온단다.

TV를 보고 있으면, 거리에서 마이크를 들이대는 경우 일본 사람은 대개 얼굴을 가리고 도망치는데 반해 한국 사람은 마이크를 빼앗아라도 하고 싶은 이야기를 하지 않고는 돌려주지 않는다.

작가로서 아빠는 적어도 하루 세 시간 정도는 혼자 생

각할 시간을 갖고 싶었는데 친척이나 이웃들 때문에 좀처럼 시간을 낼 수 없었단다.

아빠는 초조해지기 시작했다.

언어는 실력 있는 통역이 있어서 문제가 없었지만 한국인과 일본인의 생리적인 차이를 잘 이해하지 못해 어려움이 생기곤 했다.

아빠가 "독신 생활이 길어서 코피가 난다"라는 대사를 시키려고 했더니, 배우뿐 아니라 일본에 관해서는 아빠보다 훨씬 더 잘 알고 있는 듯 보이던 통역까지도 고개를 갸우뚱하고 있는 게 아니냐.

"왜 그래요?"

"코피가 난다는 게 무슨 뜻입니까?"

"그러니까 그게 독신이라서. 뭐랄까, 거…… 여자랑, 그게, 그러니까…… 왜 그……."

"그건 압니다. 근데 왜 코피가 납니까?"

"나잖아, 그렇지?" 하고 남자 배우들한테 물어도 이런 대답이 돌아오는 거야.

"여자와 접촉하지 않아서 코피가 난다는 걸 이해하지

못하겠어요."

그러면서 한 시간 가까이나 생각에 빠져버리는 거야.

아빠도 아주 난처해졌지. 그래서 그 대사를 빼려고 했을 때 그 통역이 말했지.

"아! 알았어요. 한국에서는 그럴 때 코피가 나지 않아요. 귀가 가려워집니다."

"뭐, 귀가 가려워진다고?"

"예."

"그건 표현 방식인가?"

"아뇨, 진짜 가려워져요. 저도 독신이라 자주 가려워지는 걸요. 근데 일본인은 코피가 납니까?"

그 말에는 아빠도 많이 놀랐다. 똑같은 사람인데 나라가 다르면 신체감각조차 달라지는가 보다.

교회에 갔을 때도 그랬어.

아빠는 스게노 군이 너에게 세례를 받도록 하는 게 좋지 않겠느냐는 제안을 했던 게 계속 마음에 걸려 연습이 없는 날을 골라 교회에 가보았는데 아주 기겁을 하고 말았다. 아무래도 교회라고 하면 일본에서는 장엄하고 조용한 분위기를 떠올리는데, 문을 연 순간 안에서 록 콘서트 같은 소리가 들려오는 거야.

들여다보니 불그레한 얼굴의 목사님이 한 손에 마이크를 들고 몸을 흔들며 말하더구나.

"돈을 주소서, 할렐루야!"

"병이 낫게 하소서, 할렐루야!"

이렇게 노래를 부르고, 거기에 답이라도 하듯 신도들이 스텝을 밟으며 대합창을 하고 있지 않겠니.

"사장이 되게 해주소서, 할렐루야! 할렐루야! 할렐루야!"

"뭐야, 이건?"

일본 교회의 목사님들은 대개 조용히 설교하는 이미지가 있었기 때문에 아빠는 눈이 휘둥그레지고 말았다.

"어이, 이거 무슨 신흥종교 아냐?"

"아뇨, 입구에서 기독교라는 걸 확인했는데요."

"근데 이상하잖아."

"그, 그렇군요."

"그건 그렇고, 요구가 꽤나 현실적이군."

"네."

"그래도 '돈을 주소서, 할렐루야'는 아니잖아?"

그대로 밖으로 나온 아빠와 스게노 군은 한 시간 가까이 문화 쇼크로 입을 열지 못했다.

스게노 군이 말했지.

"하지만 종교란 게 원래는 그런 게 아니었을까요?"

"과연."

"그 옛날 예수님도 저 정도의 열정으로 열두 제자를 데리고 포교 활동을 하지 않았을까요?"

"그렇겠지. 마이크도 없던 시절이니 저 정도의 몸동작이라도 하지 않으면 설득할 수 없었을 거야."

"그럼 중남미의 기독교는 더 굉장할까요?"

"그야 그렇겠지. 화려하지 않으면 리오의 카니발에 손님을 빼앗겨버릴 테니까."

"이거, 사고방식을 좀 더 근본적으로 바꾸지 않으면 서울에서 지내기 힘들 것 같은데요."

아무튼 한국에는 놀랄 일투성이였다.

혼자 있는 시간을 낼 수 없다는 초조감이 있기도 했지만 컨디션도 좋지 않았다. 일본에서 메밀국수나 스파게

티에 익숙해진 위장이 매운 한국 음식에 끝내 버티지 못했던 것 같아. 한국에 온 지 일주일쯤 되던 날부터 아빠와 스게노 군은 설사를 하기 시작했다.

당연하다면 당연한 얘기겠지만 아빠는 생활·문화적인 면에서는 일본인일지도 모르겠다.

하지만 생선이든 야채든 음식은 정말 맛있었어.

농약을 별로 사용하지 않아서 그런지 야채는 야채 본래의 맛이 나고, 마늘도 맵지 않고 달아. 생선도 신선 그 자체로 낙지를 산 채로 칼로 탁탁 쳐서 먹게 해주는 가게가 있어서 들어가 먹어봤는데 빨판이 입안에 달라붙는 게 뭐라고 표현할 수 없는 느낌이었다. 게도 수조에서 꺼낼 때 펜치로 다리를 꽉 잡지 않으면 안 될 만큼 기운이 넘쳤단다.

통역을 해준 사람은 아빠와 동갑으로 소설도 쓰는 시인이야.

처음 만났을 때 "저는 시인입니다" 하고 자기소개를 해서 아빠는 당황하고 말았다.

일본에서는 "저는 시인입니다"라는 말을 하는 사람은

없거든.

한국에서는 '시인'이라는 게 특별한 의미가 있는 걸까? 만일 '나는 훌륭하다'라는 의미라면 그것도 문제다.

통역은 아주 결벽한 사람으로 슬픈 눈을 가졌다. 아빠와 스게노 군이 휴일에 워커힐로 룰렛을 하러 가자 매서운 눈초리로 노려보는 거야.

통역의 가족은 세 명으로 어머니와 형이 있었다.

한국전쟁 때 아버지와 헤어졌고, 그 아버지는 지금 북한에 있다더구나. 한국 사람들의 북한에 대한 증오심은 생각보다 강해서 남북통일 따위는 일본에 있는 한국인들이 멋대로 철석같이 믿고 있는 믿음일 뿐이라는 생각이 들었다. 당사자들은 딱히 통일을 원하지 않는 듯한 분위기여서 우리도 함부로 통일에 대해 물을 수 없었다.

스게노 군이 인사치레로 이렇게 말했다.

"대한항공 파일럿은 조종이 아주 능숙하더군요. 언제 착륙했는지 모를 정도였어요."

그러자 온화했던 통역의 눈이 번쩍 빛났다.

"베트남전쟁에서는 최전선에서 싸웠거든요. 그 사람들이 퇴역 후 파일럿이 됐으니까 조종은 잘합니다. 일본도 같이 싸워주었더라면 조종을 잘하게 되었을 텐데요."

미국이나 한국만 싸우게 해놓고 일본은 그 사이에서 단 물만 빨아먹고 있지 않았느냐고 말하고 싶은 것 같았다.

아무튼 이 나라에는 2차 세계대전, 한국전쟁, 베트남전 쟁이라는 세 가지 전쟁의 상처가 도처에 남아 있었다.

스게노 군이 말했지.

"일본에는 헌법 제9조*가 있으니까요."

"그렇다고 한국한테 일본의 안전을 대신 떠맡길 것까 진 없겠지요."

"대신 떠맡긴다고?"

"그래서 뭐!"

"이 형, 그만해!"

그때 항상 중재자 역할을 해주는 사람은 형사부장 역 의 전무송 씨였다. '한국의 햄릿'이라고 불리는 조용한 사람이야.

"죄송합니다. 이 형도 좋은 사람이긴 한데 완고한 데가 있어서……."

---

* 전쟁을 하지 않는다는 조항이 들어 있음.

생활·문화적인 면에서 아빠는 일본인이다 **171**

"아, 아뇨……."

"한국은 스무 살이 되면 3년간 군대에 가야 하는 병역 의무가 있습니다. 저처럼 학문을 하는 사람한테 그 3년간의 공백은 견딜 수 없는 일이지요. 병역의무가 없는 일본을 부러워하는 이 형의 마음도 헤아려주십시오."

"아, 예."

배우로서 뛰어난 사람은 여형사 역의 김지숙 씨였다.

그녀의 탄력 있는 몸매와 당당하고 도전적인 눈빛은 '조국이란 당신의 아름다움이다' 라는 큰 대사를 감당할 수 있다는 걸 말해주고 있었다.

스게노 군은 이렇게 말했다.

"정말 당찬 여잡니다. '김지숙' 이라고 했다가 함부로 이름 부르지 말라고 쏘아붙여서 깜짝 놀랐어요. 일본이었다면 확 제외시켜버렸을 텐데 말이죠."

그러면서도 김지숙 씨가 신경 쓰이는 건 어쩔 수 없는 모양이야.

도쿄에서 온 재일 한국인 형사 역은 강태기 씨라는 한국의 인기 TV 드라마 배우가 맡아주었다. 강태기 씨는 그 경박하고 여자 후리기 좋아하는 역을 아주 마음에 들어 해주었지.

김지숙 씨를 잘못 건드려서 오히려 태권도라는 유도 비슷한 운동의 기술로 일격을 당해 나가떨어졌을 때의 멍한 표정은 마치 어린아이 같은 게 일본에서도 인기가 있을 거라는 생각이 들었다.

강태기 씨가 아빠에게 묻더구나.

"저는 어떤 식으로 연기를 하면 될까요?"

아빠가 말했다.

"선진국 일본에서 후진국 한국으로 연극을 가르치러 와주었다는 오만한 마음을 갖고 있던 남자가 사람의 정을 느끼고 마음이 바뀐다는 그런 느낌으로 해주세요."

"그건 선생님 얘긴가요?"

"예."

그러자 그는 한쪽 눈을 감고 싱긋 웃으며 손가락으로 오케이 사인을 만들어 보여주더구나.

네가 상처받는 여인이 되었으면 좋겠다

아빠가 만든 연극은 시작부터 도전적이었다.

형인 전 부장이 도쿄에서 온 남동생 강 형사에게 말한다.

이 강 형사를 아빠라고 생각했으면 좋겠다.

전 부장: 그 젊은 나이에 서울 경찰로 올 수 있다니 대단한
출세신데. 일본인한테 아첨 꽤나 떠신 모양이지.
네 얼굴을 보고 있자니까 옛날 일본군 앞잡이가 돼
서 동포를 못살게 굴던 비열한 한국인이 생각난다.
야, 너도 일본에서 그렇게 해서 출세했냐?

강 형사: 뭐라고!

전 부장: 아, 됐어! 너 같은 건 필요 없으니까 어디 요정에라

도 가서 기생이라도 사서 즐기고 얼른 일본으로 가
버려!

강 형사: 그게 먼 길을 찾아온 손님을 맞이하는 한국인의 방
식인가?

전 부장: 시끄러!

강 형사: 어머니가 한국에는 세 살 때 헤어진 형이 있는데 그
형은 서울경찰청 부장형사가 되어 용맹을 떨치고
있다고 하셨어요. 그 형을 만나고 싶어 나는 서울행
을 지원했고요.

전 부장: ……….

강 형사: 일본으로 돌아가겠습니다. 어머니가 용서해달라고
하시더군요.

전 부장: 뭐, 용서라고! 겨우 세 살밖에 안 된 나와 마음 약한
아버지를 버리고 일본 병사를 따라간 여자를 용서
할 수 있다고 생각해? 야, 내 말 잘 들어. 그 여자는
강제로 끌려간 게 아니야. 그 창녀는 자청해서 엉덩
이를 흔들며 따라간 거라고. 알겠어!

강 형사: 자기 어머니를 그렇게 심하게 말하는 법은 없어요.

전 부장: 웃기고 있네. 나는 절대 잊지 않아. 일본 병사의 팔

에 매달려서 '가지 말라'고 애원하는 아버지와 나를 보면서 웃던 그 얼굴을.

강 형사: 불쌍한 분입니다. 그 일본 남자한테도 버림받고 여자 혼자 몸으로 나를 키워주셨어요.

전 부장: 시끄러! 네 놈 얼굴을 보는 것도 불쾌하니까 썩 꺼져버려!

그리고 강 형사는 김지숙 씨를 돌아본다.

강 형사: 일본으로 돌아가겠습니다. 김 형사님, 오늘 비행기를 타고 오다 신록이 가득한 한반도가 가까워지면서 처음 고향을 방문하는 제 가슴은 두려움에 떨고 있었습니다. 그런데 우연히 주간지에서 당신 사진을 발견하고 넋을 놓고 바라보았지요. 그때 옆자리에 앉아 있던 기품 있어 보이는 부인이 "한국 여성은 피부가 정말 하얗고 예쁜 분들이 많지요. 저는 가끔 한국 여행을 하는데 올 때마다 그 아름다움에 감동한답니다. 당신도 한국분이신가요?" 하고 묻는 겁니다. 저는 너무 기뻐서 "네!" 하며 크게 고개를

끄덕였지요. 그때 전 깨달았습니다. 김 형사님, 조
국이란 당신의 아름다움입니다. 애국심이란 당신
을 사랑스럽게 생각하는 의지입니다. 김 형사님, 저
도 남자입니다. 여자한테 당하고 그냥 돌아갈 수는
없어요. 태권도 대결 한번 부탁드립니다. 도쿄를 떠
나올 때 친구와 상사들이 "한국과 일본 사이에는
슬픈 역사가 있다. 창씨개명을 강요당하고 말을 빼
앗긴 증오심은 결코 사라지지 않을 거다. 그리고
너는 그들이 분노를 터뜨리기에 딱 좋은 재일 한국
인이다. 어떤 괴로운 일이 생기더라도 참아라"고
했습니다. 다정하게 배웅해준 착한 사람들을 위해
서라도 그냥 이대로 일본으로 돌아갈 수는 없습니
다. 한 번 더 저와 겨뤄주시지 않겠습니까? 단, 저를
반드시 쓰러뜨려야 할 겁니다. 만일 당신이 절 쓰
러뜨리지 못한다면 제가 당신을 꽉 껴안고 저 하얀
파도 부서지는 현해탄을 건널 테니까요.

전 부장: ·········.

김지숙 씨는 눈 한 번 깜빡이지 않았다. 대사 없이 듣

기만 하는 이 연기에서 배우로서의 그녀의 역량을 알 수 있었다.

강태기 씨는 이 장면을 아주 마음에 들어 하며 엉뚱한 말로 부러움을 표현했다.

"재일 한국인은 금방 비극의 주인공이 될 수 있으니 멋지군요."

그날 스게노 군이 김지숙 씨한테 연습실에서 신는 신발을 선물했다. 김지숙 씨의 신발이 찢어져 있었거든.

"어아, 스게노. 선물하는 건 좋은데 어떻게 사이즈를 잰 거야?"

"그게, 저……"

"내가 말해줄까? 자네 밤중에 이 연습실에 몰래 들어와서 종이를 펼쳐 신발을 올려놓고 연필로 가장자리를 빙 돌려 그려서 사이즈를 잰 거잖아. 이때, 정확히 맞췄지?"

"네, 맞아요."

아빠가 김지숙 씨를 돌아보며 말했지.

"어이, 김지숙! 여자가 신발 사이즈까지 알게 한 이상 각오해야 하는 거 아냐?"

그랬더니 무서운 눈초리로 스게노 씨를 노려보더구나.

연극의 배경 음악은 도쿄에서 테이프를 가져왔기 때문에 전부 다시 만들어야 했다. 한국에서는 일본 강점기 때의 원한 때문인지 무대와 영화에서 일본어가 흐르는 게 금지되어 있었다. 두 번째 '괜찮아요'가 필요했다.

레코드는 쉽게 구할 수 있었어.

한국 노래는 폐부를 도려내는 듯 정말 애절한 멜로디가 많아서 연극 대사도 거기에 지지 않을 만큼의 깊이를 갖게 하느라 적잖이 힘들었지.

김지숙 씨에게 어쩌면 한국인은 절망적인 슬픔이란 걸 체질적으로 좋아하는 거 아니냐고 말했더니 좀처럼 웃지 않는 그녀가 배를 끌어안고 폭소를 터뜨렸다.

그리고 보니 '대곡녀代哭女'도 한국이 발상지라고 한다. 일본에서는 옛날에 이시카와현 나나오 지방에 대곡녀가 있었다고 하는데, 장례식 때 고인의 덕을 기리고 집안의 체면을 살리기 위해 능숙하게 우는 것을 직업으로 삼았던 여인들을 말한다. 한 말 울기, 세 말 울기, 다섯 말 울기 등이 있어서 보수에 따라 우는 방법을 달리했다고 하지.

아빠는 장례식에서조차 그렇게 겉치레를 중시하는 인

간의 존재가 재미있어서 꽤나 마음에 들었다. 그런 슬픈 존재에 끌리는 아빠는 역시 뿌리부터 한국인일지도 모르겠다.

미나코야, 아빠는 네가 무럭무럭 자라주길 기원하고 있다. 그리고 타인의 아픔이나 슬픔을 아는 사람이 되어주었으면 한다. 네가 상처받는 여인이 되었으면 한다. 막상 네가 상처받은 모습을 보면 아빠는 미쳐버릴 것처럼 괴로울 거야. 네게 상처 준 사람들을 안다면 다 죽여버리고 싶은 마음이 들지도 몰라. 하지만 그때 아빠는 마음속으로 계속 "내일은 너를 위해 있다"고 외칠 거야. 그러니까 미나코도 상처받는다 해도 마지막에는 '내일은 꼭 좋은 일이 있을 거야' 라고 생각해주기 바란다.

눈앞에 있는 사람을 믿어라

스게노 군은 그 '대곡녀'를 주제로 김지숙 씨와 연극을 하면 어떻겠느냐고 계속 부추겼다. 하지만 한국에서 하는 연극은 이번 한 번뿐일 것 같다. 입 밖에 내지는 않았지만 너무 많은 문제가 있었지.

언젠가 김지숙 씨가 그 강렬한 눈빛을 부드럽게 하고는 권해주더구나.

"한국에 와서 많이 피곤하시죠? 개고기라도 먹으러 가지 않으실래요? 기운이 생기고 피로가 풀릴 거예요."

아빠와 스게노 군은 그 말에 너무 놀라 눈을 휘둥그레 뜨고 말았어.

"하지만 스게노. 배우들하고 잘 지내려면 개고기를 먹는 게 좋지 않을까?"

"그야 그렇지만…… 저는 못 먹어요."

"무슨 소리야. 자네가 안 먹으면 누가 먹는다고 그래. 우린 딸이지만 자넨 아들이잖아. 그러니까 자넨 개고기를 먹어도 돼."

"그런 말도 안 되는 소리 하지 마세요."

"아무튼 말이 안 통하는 대신 우린 술자리라면 어떤 자리라도 가능한 한 맞춰주고 있잖아. 그러니까 개고기만큼은 알아서 거절해줘."

우리 둘이 티격태격하고 있자니까 김지숙 씨가 의아한 표정으로 물었다.

"왜 그러세요?"

그걸 보고 있던 통역이 몹시 화를 내기 시작했다.

"개고기를 먹는다고 한국을 이상한 눈으로 보지 말아요. 단지 풍습이 다른 것뿐이니까. 일본인이 해삼이나 뱀장어, 말고기를 아무렇지도 않게 먹는 걸 다른 나라 사람들은 어이없어하니까요. 자, 가시죠."

"아! 아니, 저……."

아빠 생각에 통역은 우리가 개고기를 못 먹는다는 걸 비난한 게 아니라 "우리가 당신 작품을 성공시키기 위해 얼마나 노력하고 있는지 모르겠어? 그걸 감사하려는 마음이 당신한텐 없는 거야?"라고 말하고 싶었을 거다.

아빠는 스태프들의 협조에 진심으로 감사하는 마음에서 술이나 식사 등을 대접하기도 하면서 최대한 신경을 쓰고 있었지만 개고기만큼은 도저히 먹을 수 없었다. 하지만 통역의 마음속에는 좀 더 복잡한 뭔가가 뒤얽혀 있었던 게 아닌가 싶어.

그 사람은 아빠와 나이도 같고 또 아빠처럼 작가이며 시인이기도 하지.

그런데 재일 한국인인 아빠가 어느 날 갑자기 일본에서 건너와 문예대극장 같은 큰 홀에서 일류 배우들을 데리고 연극을 하며 연일 매스컴의 취재를 받고 있다. 이런 일은 한국의 연출가에게도 좀처럼 없는 일이지. 그래서 언짢은 마음이 있었던 게 아닌가 해.

통역이 개고기에 관한 건 이해해주겠지만 다음 주 축구시합은 꼭 함께 보러가자고 했다.

아빠는 고개를 갸웃했지.

"어이, 스게노, 무슨 축구경기 말이야?"

스게노 군이 어두운 표정으로 말했다.

"이 나라 사람들은 올림픽이 너무 기다려진다고 말하곤 합니다. 무슨 소린가 하고 생각해봤는데 올림픽에서 일본을 완패시켜서 옛 원한을 갚겠다는 거지요. 다음 주 축구시합이라는 게 그 아시아 예선전인 모양입니다."

그 말에는 아빠도 오싹했다.

"그런데 스게노, 지금 일본에서 금메달 숫자로 한국한테 졌다고 분해할 사람이 있을까?"

"없죠. 아, 졌구나, 하는 정도일 겁니다. 한국한테 졌다고 분해할 사람은 단 한 명도 없을 거예요."

일본이 정말 살 만해졌다는 얘기겠지.

"그런데 말이야, 한국 사람들이 일본인들은 아무 느낌도 없다는 걸 안다면 충격 받겠지?"

"그렇겠죠, 공산당이다 학생운동이다 하고 있는데 어느 날 갑자기 베를린 장벽이 무너져버린 것과 마찬가지니까요. 복수하려고 원수를 찾아 십년을 헤매다 드디어 찾아냈을 때는 이미 죽고 없었다는 얘기가 되니까요."

"난처하게 됐는데, 이거."

"난처하게 됐어요, 정말."

"생각지도 않은 일이 생겨버렸군."

"경기에 져서 일본이 열심히 분해 하는 모습을 보여준다면 의외로 한국은 과거사를 깨끗이 잊어주지 않을까요?"

"그렇다고 분해 하는 모습을 보여주시오, 하고 내가 일본에 가서 부탁할 수도 없는 노릇이고."

"적어도 우리만이라도 분해 하는 척해주자고요. 한국 사람들한테 미안하니까."

"우리라고? 난 한국인이거든. 일본이 졌다고 내가 분해하면 이상한 거 아냐?"

"그러네요."

"우린 어떻게 하면 좋지?"

"아무튼 한국이 이기면 미친 듯이 기뻐하는 수밖에 방법이 없는 거 아닙니까?"

"하지만 속이 빤히 들여다보이는 짓이잖아. 게다가 난 감정이 얼굴에 나타난다고."

"여하튼 일본에서 연극 보러 오는 하세가와 일행들한테 우선 '이번 올림픽에서는 절대 한국한테 지지 않을 겁니다'라고 말하라고 전화해둬야겠어요."

"그래. 그게 좋겠어. 참가하는 데 의의가 있다는 둥 했다가는 살해당할지도 몰라."

"그런데 한국 쪽은 삼만 명 정도의 관중이 있는데 일본 사람은 달랑 저 혼자라는 것도 영 허전한데요. 쓸데없이 이기기라도 하면 전 몽둥이찜질당하는 거 아니겠죠?"

"일본 축구는 어느 정도야?"

"축구가 강하다는 얘기를 들어본 적이 없으니까 안심은 하고 있는데, 너무 형편없이 져버려도 시합을 성의 없이 했다고 또 바보 취급했다는 얘기가 될 테고. 저 정말 난처하게 됐어요."

축구장은 삼만 명의 관중으로 들끓고 있었다.

일본인과 일본과 관계있는 사람은 아빠와 스게노 군 두 사람뿐이었어. 조용한 전무송 씨까지 짓궂은 농담을 던지더구나.

"우리가 전쟁에서는 졌지만 축구에서는 지지 않습니다. 츠카 씨, 당신은 어느 쪽을 응원할 겁니까?"

"하하하……."

웃고 있는 아빠의 얼굴은 잔뜩 굳어져 있었다.

결국 일본이 형편없이 지고 나서 "어떻습니까, 츠카 씨?" 하고 내 얼굴을 들여다봤을 때, 스게노 군이 "젠장,

빌어먹을" 하며 온몸으로 분한 척해줘서 아빠를 구해주었다.

축구가 이 정도니 올림픽 때는 대체 어떤 상황이 벌어질까?

그런데 아빠는 정말 어느 나라 사람일까? 이런 질문을 지금까지의 인생에서 몇 번이고 반복해왔다. 그러나 아빠는 '한국인'이라는 필터를 통하지 않고 이 세상을 보고, 사람과 마주해왔다. 아빠는 눈앞에 있는 사람을 믿으며 살아왔어. 너도 지금 눈앞에 있는 사람을 믿으며 살았으면 한다.

믿고, 속고, 상처받는다 해도 예의 그 '내일은 꼭 좋은 일이 있을 거야'라고 생각하렴. 아빠는 실은 네가 여자아이라서 몹시 걱정스럽다. 하지만 신뢰하지 않으면 그 사람 마음속의 진정한 따뜻함에 가 닿을 수 없단다.

인간의 잔혹성과 생명력을
그려내는 게 내 역할이다

연극은 순조롭게 마무리되어 가고 있었다.

전혀 통하지 않던 말도 서로 조금씩 이해할 수 있게 되었다.

예를 들어 아빠가 물이라는 말이 생각나지 않아서 '리버(강)'라고 하면, 배우들도 '워터(물)'라고 말하고 싶었구나 하고 알아서 대사를 하게 되었지. 아빠의 귀도 나날이 발전해서 한 줄만 빠져도 그걸 지적할 수 있게 되었다.

하지만 '안녕하세요'처럼 일상적인 말은 왠지 겸연쩍어서 여전히 나오지 않더구나.

아빠와 배우들 사이가 좋아지면서 통역은 점점 심기가 불편해졌다. 그리고 통역이 아빠의 말을 제대로 전달하지 않는 일이 가끔 생겼지. 아빠가 한국의 터부를 건드렸을 때는, 예를 들어 '서울처럼 이렇게 더러운 거리에' 라는 표현이 있거나 하면 그는 못 알아들은 체했다.

"통역, 왜 전달하지 않는 겁니까?"

"서울의 거리는 더럽지 않습니다."

"이건 연극이요."

"그래도 이건 서울경찰청을 무대로 하고 있습니다."

"하지만 이 대사가 없으면 클라이맥스를 살릴 수 없어요."

스게노 군이 성질 급한 아빠가 폭발이라도 할까봐 애원하는 듯한 눈빛으로 가만히 바라보았다.

일본어를 모르는 배우들은 당황해했고, 아빠는 또 '괜찮아요' 로 참았지. 하지만 '고케' 라는 장면을 통째로 커트당했을 때는 용서할 수 없었다. '고케' 란 바나 카바레 같은 데서 죽치고 앉아 돌아가지 않는 손님을 쫓아내기 위해 고용된 그다지 예쁘지 않은 여자를 말하지.

"서울에는 그런 여자 없어요."

"일본에도 없어요. 하지만 이건 연극이오."

'고케' 용으로 고용된 여자의 존재는 너무 비참했다. 그러나 아빠는 '고케' 를 조롱하며 즐기는 인간의 잔혹성과 나름 자신의 역할을 긍정적으로 받아들이며 '고케'의 역할에 충실한 여인을 그리고 싶었던 거야.

'대곡녀'도 그렇지만 이런 여인들의 *끈끈한* 생명력을 그려내는 것이 아빠의 역할이다.

아빠는 그런 사람들을 불행하게 만들지 않아.

그녀가 다른 호스티스들의 선망의 대상인 꽃미남과 결국 결혼한다는 해피엔딩은 무슨 일이 있어도 완성시킬 거라고 생각했다.

"난 이 장면을 커트하는 것만은 절대 양보 못해요!"

"이건 당신을 위한 겁니다!"

"뭐가 나를 위한 거야?"

"난 이 공연을 성공시키고 싶어요."

"이 장면이 있으면 성공을 못하기라도 한다는 거야?"

"그렇습니다."

"그렇다면 성공해도 아무 의미 없어!"

"츠카 씨, 당신은 나보다 한 살 어립니다. 존댓말을 써 주시오!"

"난 한국에 존댓말을 쓰러 온 게 아니야. 연극을 만들러 온 거라고!"

"뭐요?"

"그럼 당신은 이 장면이 싫은 거요?"

"좋고 싫고, 그런 말을 하는 게 아닙니다."

"아무튼 누가 뭐래도 난 할 거요."

"그럼 난 이 일을 그만두겠습니다."

"뭐라고?"

스게노 군이 열심히 중재해주었지만 허사였다.

"츠카 씨도 사과하세요, 얼른."

"내가 왜 통역 나부랭이한테 사과해야 하는데!"

"그러니까 그게 어쩔 수 없잖아요. 저 사람이 없으면 이 연극을 못할 테니까."

"뭐! 저 자식이 지가 없으면 이 연극을 못할 거라고 했어?"

"그런 말 안 했어요."

"통역이 어디 저 사람뿐이야? 다른 통역을 찾아봐!"

"아뇨. 이 연극의 상세한 뉘앙스를 전달할 수 있는 사람은 저 사람밖에 없어요. 저 사람은 츠카 씨의 테마를 정확하게 파악하고 있다고요."

"시끄러! 저런 인간이 나에 대해 뭘 안다고 그래!"

"지금 중단하면 전 프로듀서가 얼마의 적자를 떠안을 거라고 생각하세요?"

"돈 문제라면 일본에서 가져오게 하면 돼."

"츠카 씨, 지금 무슨 말을 하는 겁니까?"

"내가 저런 자식한테 사과할 것 같아! 이 장면뿐이 아니야. 저 자식은 나 모르게 세세한 부분을 몇 군데나 바꿔 댔어. 난 계속 참았다고!"

"그건 알고 있어요."

"좋아, 알았어. 통역은 계속 써주지. 단 분명히 말해두라고. 당신은 통역으로서의 재능은 있지만 예술가로서의 재능은 없다고, 알겠어?"

그 말에 스게노 군는 얼굴이 시뻘게지도록 화를 내면서 말했지.

"뭡니까, 그 말투는. 부끄럽지도 않습니까? 그러니까 사람들한테 옛 일본군과 똑같은 태도라는 말을 듣는 겁니다!"

"누가 그래? 배우들이 그래?"

"아뇨."

"그럼 누구야?"

"접니다."

"뭐?"

"아무튼 이 연극을 완성해주세요. 전 이 연극이 좋아
요."

한국어로는 자기 자신을 지칭할 때 '저는'이라고 말하
는데, 이 발음은 일본어에는 없는 발음이다. 재일 한국인
형사가 이 '는' 발음을 못해서 "네놈은 조국말도 못하
냐"는 욕을 들으며 맞을 때마다 스게노 군은 옆에서 울
고 있었다.

"아, 됐으니까 자네도 그만 일본으로 돌아가!"

"뭐라고요?"

스게노 군은 그후 연습실에 모습을 보이지 않았다.

한 손에 작은 사전을 들고 서툰 한국말로 열심히 말하
는 스게노 군은 배우들 사이에서 꽤나 인기가 있었지.

"그 일본인, 벌써 돌아간 겁니까?"

연습실 구석에서 좀처럼 입을 열지 않는 범인 역의 최
주봉 씨가 어둡고 깊은 눈빛으로 불쑥 말했다.

최주봉 씨는 결코 과거 얘기를 하지 않는 사람이야. 최

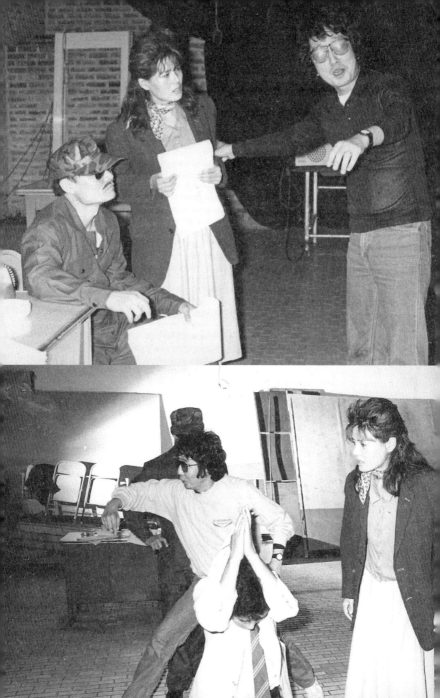

주봉 씨의 얼굴은 지옥을 본 얼굴이라고 전무송 씨가 자주 말했다. 그 최주봉 씨도 열 살이나 아래인 아빠를 항상 '선생님'이라고 불렀지.

최주봉 씨는 짜내는 듯한 작은 목소리로 말했다.

"선생님, 그 일본인은 무슨 잘못을 해서 쫓겨난 겁니까? 그 미스터 재패니즈는 좋은 사람입니다."

"………"

다른 배우들도 천천히 고개를 끄덕였다.

"선생, 우리는 당신의 어떤 무리한 연출에도 묵묵히 따랐소. 그건 그 일본인이 있었기 때문이오. 우리는 신기했지요. 왜 그 일본인은 그렇게 열심히 당신을 돕는 건가? 술이 약한 당신을 위해 대신 술잔을 돌리고, 부끄러움을 잘 타는 당신을 대신해서 노래를 부르고, 보수는 제대로 받느냐고 물었더니 '돈이 다가 아니다'라고 했소. 그 일본인은 좋은 연극을 만들고자 하는 당신의 열정을 좋아한다고, 인간에게 한없이 다정한 당신을 좋아한다고 했소. 우리는 때로 거만하고 예의를 모르는 당신한테 그런 다정함이 있을 거라고는 생각하지 못했소. 하지만 우리는 전력을 다해 당신을 진심으로 돕는 스게노가 있었기 때문에 이 연극을 계속해올 수 있었소. 스게노가 사라진 이상 우리는 이 연극을 계속할 수 없소."

"………."

아빠를 응시하는 최주봉 씨의 격렬한 눈빛에 아빠는 눈을 깜빡일 수조차 없었다.

전 프로듀서가 다가와 서툰 일본어로 말했단다.

"통역은 해고했습니다. 그 사람이 좀 편협한 데가 있어서 츠카 씨한테 폐를 많이 끼친 모양입니다. 저는 그에게 '아무리 나이가 어려도 재능 있는 사람한테 배운다는 자세를 가져라'고 했었는데, 유감입니다."

"………."

"아, 그리고 스게노 씨는 일본에서 아버님이 오셔서 부여에 간 것 같습니다. 다음 주에는 돌아오겠지요. 츠카 씨도 익숙하지 않은 한국에 와서 많이 피곤할 텐데 한 4, 5일 쉬는 게 어떻겠습니까? 전 그동안 우수한 통역을 찾아두지요."

"………."

사람의 따뜻한 마음은 변하지 않는다

아빠가 할머니 집으로 돌아와 등을 돌리고 자리에 누워버리자 할머니가 머리맡에 와 울고 있었다.

"니 맘 내가 다 안다. 그 정도로 강한 성격이 아이면 일본 사람들 틈에서 살아남을 수 있었겠나? 이번 공연도 내가 괜한 말을 해갖고, 니를 말도 안 통하는 나라에 와서 고생하게 만들어 미안타."

"………."

"그만 일본으로 돌아가기라. 낸 아무 걱정 안 해도 된다. 힘들었제? 만일 무슨 일 생기면 너희 외삼촌들이 다 알아서 해준다 했다. 닌 퍼뜩 일본으로 돌아가기라."

할머니는 간장 국물로 찌든 앞치마 자락을 언제까지나 움켜쥐고 있었다.

계절은 어느새 가을로 접어들어 대륙 특유의 차고 건조한 바람이 아빠의 몸과 함께 마음까지 찢고 지나가는 것 같았다.

연습은 일주일 후에 재개되었다.

마음 착한 강태기 씨가 새로 산 차로 태우러 와주었다.

"최주봉이도 자기가 좀 지나쳤다고 후회하고 있습니다. 용서해주십시오. 연습시간까지 시간이 좀 있으니 잠시 드라이브하시겠습니까? 북악산 전망대에 가면 서울 시내를 한눈에 내려다볼 수 있는데, 꽤 멋집니다."

"………"

"우리도 놀라고 있습니다만, 최주봉이 나이 어린 사람한테 '선생님'이라고 부르는 건 처음 봅니다."

"………"

"그의 연기는 한국에서는 제대로 평가받지 못하고 있었지요. 그는 지금 선생님의 연출로 물 만난 물고기 같습니다. 부디 그를 위해서라도 기운을 내주세요. 김지숙도 그렇습니다. 그 여자는 술도 마시고 담배도 피웁니다. 한국에서 여자가 담배를 피우는 건 보기 힘든 일입니다. 그런 그녀를 차별하지 않고 연기력 하나만을 열심히 봐주시는 분은 선생님뿐입니다. 부탁이니 그만두겠다는 말씀은 말아주십시오. 최주봉과 김지숙을 위해서라도 말입니다."

북악산에서 바라본 서울 시내는 올림픽을 앞두고 잇달아 건설되고 있는 새 고층 빌딩과 각종 경기장들이 가을의 끝없이 맑은 공기 속에서 그 윤곽을 뚜렷이 드러내면서 초근대적인 도시 특유의 차가운 얼굴을 보이기 시작하고 있었다.

그러나 도심을 굽이쳐 흐르는 한강의 흐름이 저 유구한 역사 속에서 변함없었던 것처럼 따뜻한 사람의 마음 또한 변하지 않는다.

상처받은 아빠의 마음에 강태기 씨의 말이 살며시 스며들어 얇은 막처럼 그 상처를 부드럽게 감싸주었다.

10월 15일, '노교에서 온 형사'의 마지막 징면은 범인을 사형대로 보내고, 여형사 김지숙 씨도 작별인사를 한 뒤 수사실을 나가고, 강 형사도 도쿄로 돌아가는 장면이었다.

강 형사: 그녀는 형사를 그만둔다고 했는데, 시집이라도 가는 건가요?

전 부장: 응. 효심이 지극하고 다정한 남자가 있다지, 아마.

강 형사: 그, 그렇습니까? 시집을 가는군요…….

전 부장: ……….

강 형사: 그럼 저도 그만 도쿄로 돌아가겠습니다. 괜히 방해가 되면 괴로우니까요.

전 부장: 그래. 넌 재일 한국인치고는 우수한 형사였어.

강 형사: 그런데 서울에 계신 분들께 한 가지만 말해두겠습니다. 일본으로 간 어머니는 틀림없이 너무 가난해서 먹고 사는 것만으로도 힘에 겨워 자식에게 말을 가르칠 여유가 없었을 겁니다. 어머니를 비난하는 것만은 말아주십시오. 어떤 형편없는 어머니라고 해도 어머니를 경멸하는 말을 듣는 건 자식으로서 견딜 수 없습니다. 이것만은 말해두지요. 비록 말은 못하지만 조국을 생각하는 마음만은 서울에 있는 사람들한테 조금도 뒤지지 않습니다. 그럼 전 일본으로 돌아가겠습니다.

전 부장: 귀화할 건가?

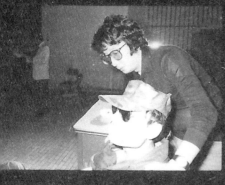

→ 15   → 15A   → 16   E → 16A

→ 21A   → 22   → 22A

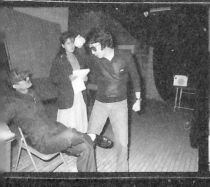

27 → 27A   → 28   → 28A

강 형사: 여러분들이 보기엔 미숙한 인간으로 보이겠지만
　　　　전 일본에서 나고 자란 자신에 대해 자긍심을 가지
　　　　고 있습니다. 저 같은 사람을 여기까지 키워준 일
　　　　본에 보답하는 것이 인간의 도리라고 생각합니다.

전 부장: 조국을 버리겠다는 건가?

강 형사: ·········.

전 부장: 안 데려갈 거야?

강 형사: 그게…… 무슨?

전 부장: 네가 분명히 말했을 텐데. 조국이란 그녀의 아름다
　　　　움이라고. 애국심이란 그녀를 사랑스럽게 생각하
　　　　는 의지라고.

강 형사: 예?

전 부장: 데리고 가. 일본에 계신 어머니가 서른이 넘도록 장
　　　　가도 못가고 비실대는 동생한테 좋은 여자 좀 소개
　　　　시켜주라고 하시너라.

강 형사: ·········?

전 부장: 서울 사람도 일을 세련되게 할 때가 있지. 흐흐흐.
　　　　그럼 준비가 다 됐으려나…… 미스 김!

그리고 무대 아래쪽에서 여행가방을 들고 빨간 치마저고리를 입은 김지숙이 생긋 미소를 짓는다.

강 형사 : 아, 내 조국이여!

힘껏 부둥켜안은 두 사람을 본 전 프로듀서의 눈에는 눈물이 살짝 고여 있었다.

전 프로듀서가 말했지.

"좋은 연극이 완성됐군요."

"………"

"아무래도 전 재일 한국인을 오해하고 있었던 모양입니다. 이 연극을 보는 사람들도 그 인식을 새롭게 할 겁니다."

"그렇게 되기를 바라고 있습니다."

"츠카 씨를 일본에서 모셔온 걸 진심으로 자랑스럽게 생각합니다."

"감사합니다."

그리고 전 프로듀서는 취재하러 와 있던 기자들을 신경 쓰며 말했지.

"하지만 아직 안심하긴 이릅니다. 문화공보부에서는 무대를 도쿄에서 서울로 바꾼 게 상당히 문제가 되고 있습니다. 그리고 배우의 개성에 맞춰 대사를 다시 쓰는 츠카 씨의 참신한 연출법이 매스컴에 크게 화제가 되어 다른 극단에서 왜 츠카 씨만 특별 대접하느냐는 항의가 들어오고 있습니다."

"………."

"저는 문화공보부 장관을 잘 압니다. 그는 자긍심이 강한 사람이니까 결코 중지 명령을 내리지는 않을 겁니다. 하지만 그 장관이 사표를 내야 하는 상황에 몰렸을 땐 저도 츠카 씨에게 최악의 선언을 해야겠지요."

전 프로듀서가 공연 중지 결단을 내린 건 마침 일본에서 신문기자와 잡지기자가 온 날로 공연 12일 전이었다. 전 프로듀서는 긴장한 얼굴로 아빠를 응시하며 말했다.

"만일 츠카 씨가 강행하겠다고 하면 우리도 각오하고 있습니다."

전前 통역도 걱정이 되어 달려와주었다. 그리고는 시뻘겋게 흥분한 얼굴로 말했다.

"그냥 밀어붙입시다. 이렇게 재미있는 연극을 본 건 처음입니다. 더 이상은 북한의 위협을 선전하는 연극이나 비참한 전쟁 연극만으로는 안 된다고 생각합니다. 방법은 문예대극장이 아니라 이 연습실에서 게릴라식으로 무료 연극을 하는 겁니다. 국가권력과 싸웁시다. 한국은 언제까지나 이대로면 안 됩니다."

"어떻게 할 겁니까, 츠카 씨?"

모두들 아빠의 반응을 지켜보고 있었다.

아빠는 일본인 특유의 수줍은 미소를 띠며 말했다.

"알겠습니다. 도쿄를 무대로 해서 처음부터 다시 만들겠습니다. 하지만 부디 이 사실을 일본에서 온 기자들한테는 알리지 말아주십시오. 제 입장에서도 조국이 뒤처진 나라라는 인상을 심어주고 싶진 않습니다. 그전에 2, 3일 쉬게 해주세요. 혼자 재구성하겠습니다."

아빠의 머릿속에서는 '조국이란 당신의 아름다움이었다'는 대사가 빙글빙글 맴돌고 있었다.

조국이란 너의 그 아름다움이다

아빠를 태운 JAL 25편은 그 거대한 독수리 같은 날개를 아침햇살에 은빛으로 빛내며 사랑스런 네가 기다리는 일본으로 향했다.

아빠 옆자리에는 창에 얼굴을 부딪칠 듯 바싹 대고 아쉬워하며 서울의 모습을 바라보는 스게노 군이 앉아 있었다.

"고생 많았어."

"아뇨."

"자네 덕분에 도움이 많이 됐어."

"뭘요."

"살 빠졌는데, 자네."

"츠카 씨도요. 하세가와가 걱정했어요."

걱정스러운 듯 아빠의 얼굴을 들여다보는 스게노 군을 보며 아빠는 '자네를 데려오기로 한 내 판단은 틀리지 않았어'라고 생각했다.

"최주봉 씨는 자네를 미스터 재패니즈라고 하던데?"

"아, 그 말에 아주 난처했어요. 근데 최주봉 씨는 농담을 좋아해요. 그 사람은 대단한 공처가라서 매일 밥하고 빨래하느라 아주 곤란한 지경이래요. 언젠가 아내와 헤어질 테니까 그땐 상냥한 일본 여성을 소개해달라고 하던데요."

"흐흐."

"그건 그렇고 배우들이 다 좋아해줘서 다행이었어요."

"응."

나중에 들으니 범인 역의 최주봉 씨와 여경관 역의 김지숙 씨는 훌륭한 연기를 인정받아 우수남우상과 우수여우상을 받았다는구나.

"언젠가 서울경찰청을 무대로 A버전을 공연할 수 있는 날이 오겠죠?"

"응."

"문화공보부가 공연 중지를 결정했다는 말을 들었을

때는 어떻게 되는 걸까 하고 긴장했어요."

"그때는 막막했었지, 나도."

전면적인 무대 변경을 위해 급거 도쿄에서 미술에 이시이 츠요시, 조명에 핫토리 모토이, 음악에 야마모토 요시히사가 달려와주었단다.

"그래도 줄타기의 연속이라 즐거웠어요."

"근데 김지숙하고 개고기 먹었어?"

"아뇨."

"하하하!"

"다음에 오면 먹을 겁니다. 꼭이요!"

"하하하, 자네 분명히 말했어."

"……그게."

"왜?"

"그렇게 올 곳도 아니고, 말도 안 통하고요."

"………."

"이제 한국에서는 연극 안 하실 건가요?"

"이렇게 무모한 짓을 자주 할 수 있겠어?"

"하지만 전 프로듀서가 또 모셔와달라고 하던걸요."

"이봐, 일본어로 하는 연극이야. 그리고 일본 관객들도 내 연극을 기다리고 있다고."

"그렇군요."

아빠 눈에 그리운 일본 배우들의 얼굴이 떠오른다.

그때 관광 왔다 돌아가는 여대생들이 아빠한테 말을 건넸지.

"츠카 씨, 우리 연극 봤어요. 말은 모르지만 박력이 있었어요. 김지숙 씨 너무 멋있어서 이제부터 팬이 되기로 했어요. 앞으로도 좋은 연극 만들어주세요."

"그래, 고마워요."

승무원도 말하더구나.

"선생님! 공연 성공하신 거 축하드립니다. 그리우실 것 같아서 화과자랑 일본차를 준비했는데 드시겠습니까?"

"고마워요."

모두 좋은 사람들뿐이다. 아빠를 아주 소중히 대해주지.

"서울에 온 하세가와 일행은 어떻게 됐어?"

"2, 3일 더 놀다갈 모양입니다."

"괜찮은 거야, 그 사람들?"

"오늘밤엔 전무송 씨 집에 초대받았다고 하던데요."

"그래?"

"서울에 있는 동안 츠카 씨 얼굴에 먹칠하는 이상한 짓은 절대 하지 말라고 단단히 일러두긴 했는데."

"………"

"저…… 아버지 비행기 티켓 감사합니다. 게다가 그렇게 좋은 호텔까지 잡아주시고. 정말이지 상식이 없는 아버지라서…… 정말 죄송합니다."

"재밌는 분이시던데. 그런데 여자를 두 명씩이나 호텔로 데리고 들어가서 대체 뭘 생각이었지. 하하하!"

"정말 부끄러울 따름입니다."

"아버지는 같이 가시는 거 아니었어?"

"한국에 좀 더 계실 모양입니다."

"꽤나 마음에 드셨나본데."

"교장 노릇 하다 보면 가끔은 어딘가에서 이 눈치 저 눈치 안 보고 풀어지고 싶어지기도 하는 모양입니다."

"그래 부여는 어땠어?"

"박이라는 사람과 재회해서 밤새도록 마셨어요. 다음에 일본으로 초대하겠다고 하던데요."

"오."

"근데 어머니를 혼자 계시게 해도 괜찮은 겁니까?"

"응, 강한 분이니까."

"어머니께서 츠카 씨한테 귀화해서 좀 더 편하게 살라고 말해주라고 하셨어요."

"난 됐어."

"하지만……."

"연극은 어디가 제일 좋았어?"

"범인 최주봉 씨가 범행을 결심할 때 말한 '고향에는 아름다운 산이 있고 아름다운 호수가 있고 아름다운 사람의 마음이 있습니다' 하는 대사요."

"그래?"

"신문에서 봤는데, 한국 평론가들이 '최주봉의 재능을 재일 한국인 연출가가 끌어내준 건 한심한 일'이라고 했다던데요."

"그래?"

비행기는 한반도를 벗어나 새파란 동해 상공으로 나왔다.

"국경선이 어디쯤이지?"

"대마도 근처가 아닐까요?"

"그래?"

"그런데 미나코 쨩, 많이 컸겠어요."

"응, 석 달을 못 봤으니……."

엄마가 어젯밤 전화를 걸어와 네가 걸을 수 있게 되었다고 알려주었단다. 그리고 엄마는 "아빠, 수고하셨습니다" 하는 말을 열심히 가르치고 있다고도 했지.

"그 통역도 언젠가 일본에 불러주시죠."

"응."

파란 섬 그림자가 보이기 시작했다.

일본이다.

"돌아왔어요."

"응."

아빠는 왠지 눈물이 나서 견딜 수가 없었다.

"어이, 스게노! 한국 관객들이 진심으로 기뻐해주었겠지?"

"그럼요, 만족스러워했어요."

"나라는 인간을 용서해주었을까?"

"용서라니, 무슨 그런 말을 하세요. 배우들도 '또 와달라'고 했잖아요. 이른 아침부터 모두들 배웅도 나와주었고요."

"그래, 다행이야."

녹색의 섬 그림자가 그 산뜻한 색깔을 더해가며 부쩍
부쩍 가까워지고 있었다.

"도착했군……."

미나코야, 너는 파란 하늘을 향해 두 팔을 힘껏 벌리고
희망으로 가득 찬 눈동자를 빛내며 아빠의 가슴으로 뛰
어들겠지. 아빠는 무엇과도 바꿀 수 없는 너를 힘껏 부둥
켜안으며 말할 거야.

미나코야, 틀림없이 조국이란 너의 그 아름다움이다.

엄마의 변함없이 한결 같은 상냥함이다.

아빠가 엄마를 사랑스럽게 생각하는 그 뜨거움 속에,
나라가 있다.

두 사람이 너를 무엇보다 소중히 생각하는 눈길 속에,
조국은 있다.

그리고 남자와 여자가 서로를 사랑스럽게 생각하는 강
한 의지가 있다면, 나라는 망하지 않는다.

'나는 누구인가'를 철저히 탐구한
자기 재생의 글

하리키 야스히로 梁木靖弘 (연극평론가)

다락방 이야기를 해볼까? 거기에서 모든 게 시작되고, 까칠까칠한 견딜 수 없음으로 그곳을 떠나고, 하지만 언제나 그곳으로 되돌아가고 마는 다락방 이야기를. 나는 거기에서 츠카 코우헤이의 연출을 처음 접하고 뒤통수를 한 대 얻어맞은 기분이었다. 잊으려야 잊을 수가 없다. 와세다 대학교 캠퍼스 내의 6호관 다락방에 있는 극단 '시바라쿠暫'의 아틀리에, 공연 제목은 〈우체부 아저씨 잠깐!〉, 때는 1972년 11월. 츠카 씨는 이미 잊었겠지만 그때 츠카 씨가 내게 말을 걸었던 일을 나는 어제 일처럼 기억하고 있다.

"극단분이신가요?" (츠카)

"아뇨." (나)

주고받은 말은 그것뿐이었다. 당시 츠카 씨는 완전 무명이었고, 나는 와세다 대학교의 연극학과 학생이었지만 건방지기만 할 뿐 뭘하고 싶은지 몰랐다.

츠카 씨의 말투는 부드러웠다. 그 깊이를 알 수 없을 만큼 부드러웠다. 나는 그 목소리의 깊이에 기가 죽어 정체를 간파당하지 않겠다는 마음으로 연극과는 아무런 관련이 없다는 듯 서둘러 부정했다. 이 사람한테는 간파당하고 말 거라고 직감으로 느꼈던 것이다. 깊은 우물을 떠올리게 하는 츠카 씨의 목소리를 접하면 자신의 인간성의 크기가 재어지고 있는 것 같아 긴장하게 된다. 그 대단한 목소리만으로도 웬만한 배우는 아무리 발버둥 쳐도 감히 범접하지 못한다. 그 풍부함과 내적인 깊이는, 성격은 다르지만 같은 치쿠호*에서 태어난 동세대인 이노우에 요스이**의 목소리와 쌍벽을 이루지 않을까 한다.

〈우체부 아저씨 잠깐!〉은 제목에서 풍기는 명쾌함과는 달리 의미를 쉽게 간파하기 어려운 연극이었다. 상세한 부분은 분명하다. 예를 들어 '가위바위보' 장면에서 우체

---

* 후쿠오카 현 중앙부 부근을 가리키는 옛 지명.
** 井上陽水, 츠카 코우헤이와 같은 해인 1948년생 가수.

국 직원 역인 무코지마 산시로가 바지를 확 끌어내리자 삼각팬티 앞부분에 새빨간 손바닥으로 보가 그려져 있다. 잠시 후 황홀한 표정인 채로 "이겼다!" 하고 소리친다. 이런 도가 지나친 저질스런 유머에 나는 당황했다. 또는 몽키스*의 〈데이 드림 빌리버Day Dream Believer〉가 흐르는 가운데 무대에 늘어선 히라타 미츠루 등이 무릎을 위아래로 굽혔다 폈다 하며 "시간이 됐군요" "시간이 됐어요" 하며 대사를 건네는 모두冒頭의 장면 등을 선명하게 기억하고 있다. 그런데 깊은 내면이 보이지 않는다. 마치 바다에 떠 있는 빙산처럼 보이는 부분은 명쾌한데 잠겨 있는 전체적인 모습은 그리 쉽게 보이지 않았다.

　그 깊은 내면을 선명하게 볼 수 있기까지 근 20년 가까운 세월이 걸리고 말았다. 츠카 씨는 1973년에 25살의 나이로 전후戰後 연극의 최고 걸작 〈아타미 살인 사건〉을 발표, 눈 깜짝할 사이에 시대의 총아가 되어 현대 일본 연극의 방향을 바꾸어버렸다. 그 무렵 이미 1960년대의 유토피아적 환상은 환멸로 바뀌어 있었다. 1970년대의 일

---

* The Monkees, 1965~1970년에 활동한 미국 4인조 록밴드.

본은 오로지 자폐 증상을 보이며 경제만을 추구하고 있었다. 츠카의 연극은 그 환멸의 시대에 새빨간 독의 꽃으로 만개했다. 나는 그때 시대로부터 완전히 멀어져 연극도 버리고, 도쿄도 버리고, 무작정 고향 후쿠오카에 틀어박혀버렸다. 1982년, 온 일본이 버블 경제로 미쳐 날뛰기 시작했을 때 츠카 씨가 연극계에서 은퇴한다는 뉴스를 먼 나라의 일처럼 조용히 듣고 있었다. 지금 생각하면 츠카 씨도 이 나라의 어리석음에 정나미가 떨어졌었다는 것을 잘 알 수 있다.

그 은퇴 시절 중인 1985년, 츠카 씨는 조국 한국을 방문해 서울에서 한국 배우들과 함께 서울판 아타미 살인 사건, 〈뜨거운 바다〉를 공연한다. 그 공연은 지금 전설적인 무대가 되었다. 그때의 한국 체험이 천재 연출가 츠카 코우헤이를 무대로 다시 돌아오게 하는 복선이 되었다. 마침 버블 경제가 무너지던 1989년, 츠카 씨는 불사조처럼 연극 활동을 재개하여 그 뒤 누구도 흉내 낼 수 없는 압도적인 완력으로 일본 연극계를 눌러버렸다. 메이지 이후의 사회 구조가 전혀 바뀌지 않았던 일본에서 1970년대든 1990년대든 가장 첨예하고 절절한 연극은 츠카 코우헤이의 무대뿐이었다.

이 책 《딸에게 들려주는 조국》은 츠카 씨에게 새로운 전기가 된 서울 공연의 체험을 바탕으로 한국과 일본의 틈새를 살아가는 자신은 누구인가를 철저히 탐구한 자기 재생의 글이다. 츠카 판 《차라투스트라는 이렇게 말했다》다. 츠카 특유의 아주 가벼운 말투와 작은 책이라는 사실에 속아서는 안 된다. 여기에서 이야기되는 모든 내용은 단순히 문득 떠오른 생각이 아니라 숙고에 숙고를 거듭한 이야기다. 표현이 평이하다고 해서 츠카 코우헤이라는 존재가 평이한 것은 아니다. 모든 복잡함을 이해한 후 굳이 이해하기 쉬운 쪽을 선택했다고 하는 편이 좋다. 강인하고 이해하기 쉽다는 것은 타인으로부터의 인용이나 차용이 아니라 자신의 피를 흘리며 완성해낸 사상이기도 하다.

한국 공연을 한 지 5년이나 지나서 이 글을 썼다는 것이 무엇보다 확실한 증거다. 체험의 불순물을 여과하고, 충분한 시간을 들여 발효시키고 픽션을 가미하고 재구성해서 핵심만을 전달하려고 한 것이다. 진실은 반드시 사실에만 근거하는 것은 아니다. 츠카의 연극이 일련의 거짓 대사를 거듭하며 다른 어떤 연극보다 인간의 생생한 진실을 빚어내듯, 이 책도 있었던 일 없었던 일을 가미하며 한·일 간의 경계를 사는 츠카 코우헤이라는 인간의 진실을 증류시켜 불순물 없는 향기롭고 맛있는 식탁으로 만든 후 독자에게 보내고 있다. 음미하며 단숨에 읽으면 틀림없이 츠카의 연극을 보고 난 후처럼 말할 수 없는 사랑스러움으로 충만해질 것이다.

아니, 사상이니 하는 상스러운 말은 츠카 씨에게는 적합하지 않다. 애당초 딸에게 이야기한다고 하는 스타일 자체가 츠카 코우헤이의 멋진 댄디즘이며, 나아가 인간의 삶을 결코 추상화하지 않는 자세가 거기에 담겨 있다. 진실을 그냥 진실하게만 표현하면서 안전지대에서 어슬렁거리는 근대적 지식인과는 부류가 다르다.

츠카 씨에게는 〈츠카의 엉큼한 일기〉라는 주변 인물들을 소재로 한 미증유의 일기체 형식의 글이 있다. 시사적인 점은 이런 일견 가벼워 보이는 문장 속에 발자크를 독파하고, 비트겐슈타인을 읽는다는 사실이 카바레 언니들의 이야기 뒤에 언뜻 쓰여 있다는 점이다. 이런 점에 츠카 코우헤이의 댄디즘이 있다. 인간을 있는 그대로 그려내

고자 했던 발자크의 《인간희극》은 츠카 코우헤이가 지향하는 곳이며, 진실은 언어의 한계를 사고하여 부정하는 것으로밖에 이야기할 수 없다는 철학자 비트겐슈타인의 방법도 츠카 연극의 골격을 이룬다. 연출 방식이 대중연극적인 즉흥 연극이기도 하고(대사를 배우에게 맡기는 대중연극과 일체 애드리브를 허락하지 않는 빈틈없는 츠카 연극은 잘 보면 완전히 다르다), 시대극이나 대중연극을 즐겨 모티브로 삼는다는 점에서 츠카 씨는 반모더니스트라는 오해를 받고 있는 것 같지만, 그렇지 않다. 츠카 연극은 신극이며 대중연극인 동시에 일체의 전통(권위)에 의존하지 않는 지점에서 출발하여 일본을 표적으로 삼고 있다. 이 책의 재미도 바로 거기에 있다. 어떤 권위로부터도 자유롭게 자신의 체험을 세련되게 완성해 간다. 따라서 한일관계를 다룬 여타의 책들과는 뭔가 분명히 다른 독창성을 지니고 있다.

서울 공연과 관련하여 이 책이 츠카 씨에게 전기가 된 것이 또 하나 있다. 자신이 한국인이라는 사실을 처음으로 표명한 것이다. 물론 그건 비밀도 뭣도 아니었지만, 그때까지 츠카 씨는 작가로서 재일교포라는 사실을 내세우지 않았다. 일본어로 일본인 관객(독자)을 위해 계속 작품을 만들어왔다. 그러기에 일본의 현대 연극을 바꿀 수 있었던 것이다.

한국 체험은 츠카 씨를 한발 더 앞으로 나아가게 했다고 볼 수 있다. 츠카 씨가 즐겨 채택한 신센구미*나 주신구라** 등 국가권력의 안정을 위해 이용당하고 교수대에 올라야 했던 이들에 대한 관심의 바탕에는 근대 일본과 한반도의 역사가 겹쳐지고 있었음에 틀림없다. 츠카 씨는 순수하게 일본적인 소재를 이용하여 활처럼 팽팽히 당긴 언어의 힘으로 일본이라는 권력 구조의 목에 예리한 칼끝을 들이대 왔다.

1980년대 중반에 연극계를 떠나 한국을 체험한 후 츠카 코우헤이는 가슴이 크게 후련해졌다. 한국도 시야에 넣음으로써 츠카 씨의 극적 세계는 더욱 스케일을 키웠다. 〈아타미 살인 사건 몬테카를로 일루션〉이나 〈카마타 행진곡 완결편, 긴짱이 죽다〉로 츠카 씨의 세계는 스스로 붕괴되고 있는 일본의 근대를 까마득히 초월해버렸다. 〈

---

* 新選組, 1863년 에도막부가 무예에 뛰어난 실업무사들을 모아 편성한 경비대로 교토수호직에 소속되어 반막부 세력의 진압 임무를 맡음.
** 忠臣藏, 가나대홍주신구라假名手本忠臣藏'의 약칭으로, 아코번 47인 무사들의 복수를 주제로 한 일본 전통 연극의 창작 작품명.

매춘수사관〉에서는 이대전이라는 재일 한국인을 등장시켜 한국을 포함한 일본 근대의 구조를 꿰뚫었다.

그 기념비적인 전환점이 바로 이 책《딸에게 들려주는 조국》에 있다. 무대 이외에 가장 중요한 츠카 코우헤이가 여기에 있다고 해도 좋을 것이다.